俺と蛙さんの異世界放浪記 4

ALPHA LIGHT

くずもち
Kuzumochi

JN223445

アルファライト文庫

目次

鎧さん
マオちゃんが誇る四天王のひとり。しかし彼はその中でも最弱。
マオちゃん
平和な異世界に突如誕生した魔王。ものすごく強い。
紅野太郎《こうのたろう》
本作の主人公。カワズさんによって異世界へと召喚された。魔力は800万1000。
デビニャン
怪しげな壺から現れた悪魔っ娘《こ》。頭に生《は》えたツノがチャームポイント。
主な登場人物

トンボ
妖精郷に住む下《した》っ端《ば》妖精。
小さいが態度はデカい。
魔女さん
ガーランド帝国の森に住む魔女。
こう見えてカワズさんと
10歳しか違わない。
ナイトさん
ダークエルフの女騎士。
太郎の護衛役を務める。
カワズさん
自身の命と引き換《か》えに太郎を
召喚した魔法使い（500歳）。
太郎によってカエルの姿で
蘇生《そせい》させられる。

プロローグ

異世界でパソコンを使おう。そんな無謀《むぼう》な企画は魔法の力で成功した。

どうなるかまるでわからなかったパソコン配布プロジェクトも、目下《もっか》、異世界人達からの評判は上々である。

あらゆる所を回って配り歩いたおかげで、利用者も少しずつだが確実に増えている。最初はメールやテレビ電話の利用がメインだったが、今ではブログやチャットを模《も》した機能が好評だ。

俺も含めたヘビーユーザーは、『スケさん』『薔薇《ばら》の君さん』『クイーンさん』、そして『匠《たくみ》さん』。たまに『長老さん』などなど。日々、それぞれブログの記事をせっせと更新したり、チャットで馬鹿話に花を咲かせたりしている。

ちなみに今出た名前は、どれもハンドルネーム。

俺はパソコンを配り歩いている張本人だから、誰がどのハンドルネームかおおよその見当はつくんだけど、他のユーザー間ではちゃんと匿名性《とくめいせい》が機能していると思う。

そんなネットの仲間内で最近、よく話題に上る単語があった。

魔王。

多少の差はあれど、この言葉の知名度は地球でもかなり高いだろう。小説やらゲームやらのファンタジーモノにおいてラストに登場するボスキャラ。俺のイメージはだいたいそんなものだ。

ある日突然俺が召喚されたこの異世界にも、きちんと魔王と呼ばれる何者かが存在していて、人々の間では悪の権化《ごんげ》として恐れられているらしい……俺のイメージ通りでビックリした。

ちなみにこの異世界では『魔族の王様』を略《りゃく》して魔王と呼ぶみたい。

それで肝心のネット仲間達の話題だが——。

魔王はずいぶん昔に滅ぼされたんだけど、近頃、新たな魔王が誕生したというのだ。

こんな話を聞いて黙っているわけにはいかない、ここは一つ、真偽《しんぎ》のほどを確かめてみたらどうだろう、という話になり、その調査員としてなぜか俺が大抜擢《だいばってき》されたのだ。

今回の俺のぶらり旅は、そんなチャットでの雑談から始まったのである。

旅の目的は簡単だ。単純に魔王とやらの姿を、この目で確かめるだけ。

会いに行って、何かの間違いで戦わなければならなくなった時に、俺が相手ではあまりにも魔王がかわいそうだからと、とある道具を作り、とある人物にそれを渡して代わりに戦ってもらう事で方針は決まった。それでもここまではかろうじて、みんな理性的であったと思う。……しかし、そこから先のチャットログは、闇へと葬《ほうむ》り去るべきだろう。

――次々に提案される資材と技術、そして大魔法……。本来ならば止められるべき蛮行《ばんこう》が、次々と賞賛されていく恐怖。

この世に生まれてはならなかったものが誕生し、魔王へ会いに行く準備が整ってしまった。

こうして、俺達は今、ここにいる。

1

俺達が今日やって来たのは、寒そうな海に浮かぶ島。

そこは数々の強力な結界に守られ、常に激しい潮《しお》が渦《うず》を巻く絶海《ぜっかい》の孤島だ。空には暗雲が立ち込め、無数の魔獣が飛び交っている。

そこへ辿り着くためには、人を全く寄せ付けない広大な死の森を抜け、さらにそこから船を使わなければならない。近づける者は皆無《かいむ》だろう。

そんな島に、今回の目的である魔王城は存在する。

しかし、そのようなルートを通るのは面倒なので、瞬間移動の魔法を使って魔王城の目の前から今回の旅を始める。魔法って便利だね。

メンバーは、いまいちパッとしない見た目の人間と、カエル、そして小さな妖精。魔王城に向かうパーティとしては、人選ミスにしか見えないだろう。

「ねぇねぇタロ？……どう考えてもわたし場違いじゃない？」

張《つ》り詰めた空気に気圧《けお》されたのか、俺の頭にしがみついているトンボが戸惑《とまど》いの声を上げる。

赤い髪のショートカットが愛くるしい彼女は、ツナギっぽい服を着た手のひらサイズの妖精だ。トレードマークのゴーグルにちなんでつけられた「トンボ」というあだ名もすっかり定着した。

彼女は俺をタロと呼ぶ。ちなみに俺の本名は紅野《こうの》太郎《たろう》。天パー気味の黒髪とジーパンに黒シャツ、そして黒マントをトレードマークとして定着させる事に心血を注《そそ》ぐ、地球は日本からやって来たぽっと出の魔法使いである。

俺だってトンボが不安になるのもわからなくはない。こんな怪しい場所、ただの妖精がうっかり迷い込みでもしようものなら一瞬で消えてなくなりそうだ。

不安げなトンボの顔を見て、俺は努めて明るく言う。

「そんな事ないない！　むしろトンボちゃんの協力は不可欠って言うか？」

「へ？　そう？」

「そうそう……あんまり気にしない方がいいんじゃない？　どうとでもなるよ、ねぇ？カワズさん！」

「ん？　まぁそうじゃな」

俺だけでは心許《こころもと》ないだろうとカワズさんにも話を振る。俺をこの世界に喚んだ魔法使いの蛙顔《かえるがお》を見てトンボもやっと頷いた。

「……そりゃそうだよねー。ビクビクするだけ無駄なのかも？　タロがいればおかしな事にはなっても、危ない事にはならなさそうだし！」

「……ん！　まぁそれでいいよ！」

その認識には修正を要求したかったが……トンボが安心してくれるのなら、あえてスルーしておくのもいいだろう。

今回、トンボには主役級の活躍を期待しているのだ。弱気になってもらっては困る。

俺は用意してきたメモを確認し、続いて正面に見える禍々《まがまが》しい外観《がいかん》の城を眺めた。もちろん、島に着いてからここに至るまでの困難な道のりはすべて省《はぶ》かせてもらっているので、達成感は皆無だけど。

魔王城という言葉がぴったりくるこの城、個人的には是非《ぜひ》改装工事をお勧めしたい。

マグマのお掘の向こうには巨大な城壁。城への跳《は》ね橋は降ろされており、その先には大きな悪魔型の石像が立つ城門が見える。相当に趣味が悪いデザインだ。

いや……魔王のイメージを魔王自身が正確に理解しているなら、とてもいい趣味をしているに言うべきなのか？

重厚な雰囲気が漂《ただよ》う城からは今にも何か出てきそうで、『恐ろしい魔王城』という看板でも立てたいぐらいである。

しかし、いくら入るのがためらわれるとしても、行動を起こさなければならない。

周囲に誰も見当たらないので、口元に両手を当てて、俺はとりあえず大声で叫んでみた。

「すみませーん！　誰かいませんかー？」

返事はない。が、意味がなさそうに思えた呼びかけも全くの無駄ではなかったらしい。

地鳴りのような音がしたのはその直後。いかにも何か起こりそうな予感は、すぐに現実のものとなった。

「……うお！　動いた！」

「こいつらが門番じゃったか。ホッホッホ！　なかなかオシャレじゃな」

「カワズさん、とてもじゃないけどわたしはその意見に賛同できない！」

三者三様の感想を漏《も》らす俺達。緊張感が完全に欠けている。もちろん普通ならこんな悠長《ゆうちょう》に構えていられる状況じゃないだろう。

俺の声に反応して、城門の両脇にあったでっかい悪魔型の石像が二体、同時に動き出したのである。

山羊《やぎ》を模した頭部を持つ、いかにも強そうなそいつらは、いつかカワズさんに見せてもらった動く石の化け物、ゴーレムのでっかいバージョンみたいだ。見上げるほど巨大な石像が動き出す様《さま》は壮観《そうかん》で、俺を存分に威圧してくる。

「うわ……トンボに賛成だな、俺は。えっと……こういう場合は――」

慌てて手元のメモを確認すると、カワズさんが怪訝《けげん》な顔をした。

「さっきから何を見とるんじゃよ？」

「ん？　いや……大したもんじゃないけど」

別に隠すような物ではないのでメモを手渡す。表紙に書かれた文字を見たカワズさんは、とんでもなく胡散臭《うさんくさ》そうな顔になった。

「なんじゃよ、これ？」

「魔王さん家《ち》訪問マニュアル」

「マニュアルってお前……」

カワズさんがあまりにもかわいそうなものを見る目をしていたので、俺は慌てて補足説明をする。

「いやさ、さすがに相手が相手だし、無策《むさく》はまずいかなって」

こいつは、俺のあんまり頼もしくないネット友達が未知との遭遇《そうぐう》に備え、その場のノリとテンションで制作してくれた緊急マニュアルである。フォローはしたものの、俺だって正直微妙《びみょう》な代物《しろもの》だと思っていた。

「魔王城とか不安だし、気休め程度のつもりで持って来たんだよね。でも肝心な事が書いてないんだよ。たとえば……礼儀作法とかさ。やっぱり握手ぐらい求めた方がいいかな？」

「……礼儀作法はそんなに重要じゃろうか？」

俺の話を聞いて、渋《しぶ》い顔をしたカワズさんは露骨《ろこつ》に重たいため息を吐き、続けた。

「……まあ、適当でええんじゃないかの？　で、いったいそのマニュアルとやらには何と書かれとるんじゃね？」

「あ、興味ある？　えーっとだね。まず相手が手を出してくるまでは決してこちらから攻撃しない事。手を出してきた場合は防いでもいいが、自分からはダメ絶対。【注意】魔力は隠さないでおく（そうすれば雑魚《ざこ》が寄ってこないので）」

「なんというか……すさまじく大雑把《おおざっぱ》じゃな」

そう言ってカワズさんは眉間《みけん》に皺《しわ》を寄せる。それには俺も同感だった。

「ちょ、ちょっと！　来た！　来てるってば！」

俺の頭の上にいるトンボが叫ぶ。

おっといけない。雑談に集中しすぎて、せっかく出てきた門番をすっかり忘れていた。

トンボの言う通り、巨大な動く石像は橋を渡り、もう目の前まで迫ってきている。だがそんなにビビる必要もないだろう。今日は場所が場所だけに、いつも以上に気合いを入れて防御の魔法をかけてきたのだ。

「大丈夫、大丈夫……って我ながらすごい余裕だな。俺もだいぶ非常事態に慣れてきたもんだ……」

今日、突然隕石《いんせき》が降ってきて、この星が滅びたとしても、俺達だけは無傷で生き残れるだろう。そんな無茶苦茶がまかり通るぐらい、ガチガチに守りを固めている。

拳を叩きつけてこようものなら、砕《くだ》けるのは向こうの拳に違いない。

そして石像が、雄叫《おたけ》びと共に腕を大きく振り上げる。

『ムアアアア‼』

「うひゃぁ！」

俺は情けない声を出して、ついつい後ろへ飛《と》び退《の》き、振り下ろされた鉄拳をかわしてしまった。いくら大丈夫でも、あんなものが降ってきたら普通によけちゃうよね。

目の前の地面が派手に砕ける。どうやら石像の拳は、迫力に負けず劣《おと》らずの威力があるらしい。

「……やっぱ怖いね」

「わたしはもっと怖かった！」

涙目のトンボほどではないが、俺もちょっとドキドキしてしまいましたとも。

拳での一撃は空振《からぶ》りだったが、攻撃は攻撃。マニュアルはフェイズ２に移行する。俺はメモの続きを読み上げた。

「えー、攻撃された場合はなんとなく強そうに振る舞いましょう。弱腰《よわごし》は厳禁です。タローは魔力もありますし、行動で威厳《いげん》を示せば無駄な戦いを避《さ》けられます……ほんとか？これ？」

「いや、その作戦、意思を持たぬ石像相手には無茶じゃないかのぅ？」

「そ、そんな事より、また動き出してるってば！」

トンボが恐怖で慌てているのはわかるが、人の頭をばしばし叩くのは止めて欲しい。トンボとカワズさんからの暴力については、防御魔法の対象外にしてあるので、叩かれると普通に痛い。

「おおう、このまま放置ってわけにもいかないよな。……ええっとこの魔法が、じゃなくてこっちか？　ええっと……攻撃ぃーじゃなくて、むしろ止める？　いやいや敵をもろくしたりとか？」

「なんでもいいから早く！」

「痛いって！　髪を引っ張るなよ！」

はわわと慌てふためいて俺の髪を引っ張るトンボ。その痛みで俺は涙目になった。

「……何やっとんのだ、お前らは」

そう呟《つぶや》き、俺達の横をスタスタと歩いて行ったカワズさんはあっさり石像に触《ふ》れる。俺は一瞬ビクッとしたが、どうやら取り越し苦労だったらしい。

カワズさんが触れた途端、石像がピタリと動きを止めたのである。

「よしよし、成功じゃな。ほれ、ハウス！」

それだけではなく、たった一言で石像は元の場所へと戻っていったのだ。

続けて残りの一体にも同じように命令する。これで門への道を遮《さえぎ》るものはなくなった。

「な、何したの？」

危機が去り、ぱちくりと目をしばたたかせていたトンボは、カワズさんの前に飛んでいき質問をする。カワズさんはなんでもなさそうに手を振って答えているが、声色《こわいろ》はどこか自慢気《じまんげ》だった。

「なに、一時的に命令を上書《うわが》きしただけじゃよ。基本的な構造は、家のゴーレムと変わらんからのう。ほら、さっさと行くぞい」

説明もそこそこにカワズさんは俺達を促す。

「ほいほい」

「ちょっと待ってぇ！」

トンボは体当たり気味に俺の頭に戻ってきた。

……よしよし、まだおかしいとは思われていないだろう。

俺とカワズさんは目だけでやり取りし、にやりと笑う。ちなみにカワズさんには、今回の隠し玉についてちらっと話し済みだ。もっとも、詳細は見てのお楽しみという事にしてある。

まだメインイベントには早いのじゃろ？　カワズさんの目がそう訴えている気がする。確かにこんな門番程度にアレは過ぎた代物だろう。それに今、アレを使おうとして逃げられては困る。城の中に入ってしまえばその心配はないだろうから、もう少しの辛抱だ。

俺達のアイコンタクトは、トンボに悟られないよう、一瞬で行われた。

◇◆◇◆◇

跳ね橋を渡って辿り着いた城門に仕掛けはなかったので、簡単に城内へ入る事が出来た。

そして、きれいに手入れされた庭を通り、いよいよお城訪問である。

ギギギと重い門扉《もんぴ》がきしむ。

「ごめんくださーい……」

扉を開けて中に入ると、そこはシャンデリアが印象的な、広大な玄関ホールだった。シャンデリア以外に明かりはないため、一部を除いて視界が悪い。

まさに魔王城と言うべき薄暗い空間の中央部、ちょうどシャンデリアの真下辺りに、俺達を待ち構えている何かがいた。

「来たか……」

喋《しゃべ》っていたのは、丈夫そうな鎧である。一人佇《たたず》む首のない鎧は、大きな鉄球を片手に微動だにしない。頭の部分には何もないのだが、ぽっかりと空《あ》いた暗闇がこっちを見ているように感じた。

かなり不気味だが、話を聞けるのは彼しかいないので、この際、仕方がない。

「あのぅすみません。魔王さんにお話があって伺《うかが》ったんですけど……ご在宅で？」

俺は頭を掻《か》き、キョロキョロと周囲を確認しながら話しかけてみる。すると、どこから声を出しているのかわからないが、鎧はドスの利《き》いた声で言った。

「……魔獣共が騒いでいるから何が起こっているかと思えば、これはまた貧弱《ひんじゃく》そうなのが来たものだな。人間ごときが魔王様に謁見《えっけん》など、かなうはずもあるまい？　身の程を知れ」

「えぇっと……いないんですか？　魔王様？」

「我の話を聞いておらんのか！　貴様らなんぞ、この城に入る事すらおこがましいわ！　よもや生きて帰れるなどと思ってはいまいな！」

……怒られちゃった。

鎧さんは俺の問いに答える気などさらさらないらしい。しかしきちんと対応はしてくれるようだ。

さすが魔王城。たとえ誰だろうと、敵を迎え入れる懐《ふところ》の深さは尊敬に値《あたい》する。

さっそくのパターン分岐《ぶんき》に、俺はメモを取り出した。

「……ですよねぇ。ええっと断られた場合は……。なになに？　魔族は魔力の感知能力が人間よりさらに低いようです。生まれた時から能力が高いため、相手の実力を全く気にしていない事が原因ではないかと思われます。もしくはその程度の知能すらない場合も多し？」

知能がないってそんな事ないと思うけど。思わずじっと目の前の相手を見てしまう。

……確かに頭はついていないけど？

俺の視線が癇《かん》に障《さわ》ったのか、鎧さんは手に持った鉄球をドカンと床に叩きつけた。ちなみに鎧さんとは、俺が今、即興《そっきょう》でつけたあだ名です。

「何をぶつぶつ言っている！　恐怖のあまり気でも触れたか！」

「あーすみません。えっと……あなたは？」

ダメもとで再び質問してみた。すると、鎧さんは律儀《りちぎ》に自己紹介をしてくれた。

「まぁ無理もない！　この魔王親衛隊四天王が一人！　大地の＊＊＊＊様を目の前にしてはな！　絶望に怯《おび》えて死ぬがいい！」

ガチャリと胸を張り、そう言い放った鎧さんに俺は戦慄《せんりつ》した。

四天王……だと？

まさかそんなモノが存在するとは、魔王様は基本をよく弁《わきま》えている。

「すごいな魔王城……ここまでクオリティが高いとは正直思わなかったぜ」

気が付けば、俺は流れる汗をぬぐっていた。

「この会話の温度差は何なんじゃろうな。かなり切迫《せっぱく》した場面だと思うんじゃが？」

「うはー……なんかやる気満々だよこの人？　四天王だって。……わたしを見捨てたりしないでよ？」

カワズさんもトンボも四天王の鎧さんの登場に浮足《うきあし》立っているらしい。

こうなったら俺も、メモの助言に従って、強者の余裕とやらでしっかり場を盛《も》り上げねばなるまい！

俺はカワズさんとトンボの前に自ら一歩進み出ると、腰の後ろで手を組み、ニヤリと邪《じゃ》悪《あく》な笑みを浮かべて声を張り上げた。

「ホッホッホ！　あんな事を言っていますよ！　カワズさん！　トンボさん！　どうやらこのお馬鹿さんは、我々の実力をわかっていないようですね！」

そう叫んだ後、二人の反応を確認しようとゆっくり振り返る。

俺の発言に、カワズさんとトンボの表情はなぜか凍《こお》り付いていた。

頑張ってキャラ作りしたというのに、シラっとした間が痛い。

「……なんじゃいそれ？」

カワズさんが不思議そうに聞いてきたので、俺は焦《あせ》って思わず口走る。

「え？　強そうじゃない？」

そんな言葉にもカワズさんは首をかしげるばかりだ。続いて俺は、トンボにすがるように視線を送ってみたが、彼女の反応もイマイチだった。

「どうなんだろう？　悪そうではあるけど」

先の口上、仲間内では不評のようだ。

……うう、異世界ではこの邪悪な丁寧《ていねい》口調の恐ろしさは通じないのか？

「な、何だかよくわからんが、貴様がまずは相手なのだな？」

あ、鎧さんが気を使ってくれた。結構いい人なのかも。

せっかく気を使ってもらったのに申し訳ないが、その問いには否《いな》と答えさせてもらおう。

俺は再び鎧さんの方へ顔を向け、告げる。

「いえ、違いますね」

「……なんだと？」

俺の返答に困惑気味の鎧さん。貴方の相手は俺じゃないのだ。

今日の主役はちゃんと用意されている。俺とカワズさんは再びアイコンタクトを取る。

コクンと一回頷《うなず》くカワズさん。意図は通じたらしい。

タイミングはここである。

俺はトンボの方へ振り返って微笑み、彼女の後ろに回り込んでそっと背中を前へ押し出す。

「へ？」

気の抜けた声を出すトンボをよそに、俺は高らかに宣言する。

「あなたの相手など彼女で十分です！　それでは、やっておしまいなさいトンボさん！」

呆然《ぼうぜん》としていたトンボの顔が、みるみる固まっていく。

「えええええ⁉　何それ‼」

彼女は、これ以上ないくらい度肝《どぎも》を抜かれていた。

◇◆◇◆◇

「きーてない！　聞いてない！　無理無理無理！　無理だから！　あんたらバカじゃないの！　か弱い妖精をあんな化け物に差し出すなんて、食ってくれって言ってるようなもんじゃない！　わたし死にたくないってば！」

「大丈夫だって。あいつ口ないし」

「そういう問題じゃない！　死因は正直どうでもいい！　やっぱりよくないけど！」

「俺だってこのまま放り出したりはしないさ。はい、プレゼント。これ付けて頑張ってきて！」

俺が激励《げきれい》と共にトンボに差し出したのはビー玉くらいの小さな宝石。だが、もちろんただの宝石ではない。

綺麗に磨《みが》き上げられ、高級なイースターエッグのように飾り付けられたそれは、誰が見ても相当のこだわりが見てとれる一品だろう。

手渡された瞬間、トンボも喚《わめ》くのを忘れてぽかんとしたくらいである。しかしすぐに我に返ると、またプンスカと怒り始めた。

「嫌だから！　それってやっぱりわたしが戦うんじゃん！　根本的に間違ってるから！」

「そんな事ないって。ほら！　この戦いが終わったら、お菓子もたくさん用意するから……ね？」

俺は諦《あきら》めずフォローを入れ、ダメ押しとばかりに賄賂《わいろ》を持ちかける。

そこまで聞いてトンボはぴたりと黙り、しばらくしてぶつぶつと呟き始めた。

「……むー、タロがここまでごり押ししてくるという事は、危ないなりにも身の安全は確保されているとみるべき？　となると……もうちょっとごねてみる？　いや、これ以上は場の空気が持たないか。このあたりが潮時《しおどき》かもしれない……」

「心の声がもれてるもれてる……」

熟考した後、トンボは結局ものすごく渋い顔で頷いて、俺から宝石を受け取った。

「……ケーキがいい。イチゴの乗ったやつ」

「ＯＫ！　わかった！　それじゃあ頑張って！」

「死んだら絶対化けて出てやるからね！」

少々手間取ってしまったが、説得は成功した。これで準備は完了だ。

「……もういいのか？」

「あっ！　なんかすんません！　待たせてしまって！」

待ちぼうけを食らわされていた鎧さんは、ようやく出番が巡ってきたのがうれしいのか、少し喜んでいるようだった。申し訳ない。

ここまで律儀に待っていてくれるとは、さすが四天王なだけはある。ボス戦はこちらから話しかけるまで始まらない。お約束だが実行するのは難しかろう。

「よくわからんが……魔王様に会いたいというのなら、まずは我ら四天王を倒してみせろ！」

彼はそう叫び、巨大な鉄球を威勢よくブンブンと振り回す。

だが、鉄球を振り回したからといって何だというのか。トンボに渡した切り札に比べればそんなもの、ただの大きなゴムボール程度にすぎないだろう。

「ふっ……ではそうさせてもらいましょうか。これがトンボさんの本気だと思われては困る！　彼女の変身を見てもまだそんな事を言っていられますかね！」

「何⁉　変身って！」

本人が一番驚いているけど、あまり時間もないので鉄球が飛んでくる前にすんなり納得してほしい。

「今こそ叫べ！　『変身』と！」

「あーもう！　なんなのこの展開！」

泣こうが喚こうが、目の前の鎧さん相手に生き延《の》びる方法はただ一つ。追い詰められたトンボは、言われた通りに叫ぶしかないわけだ。

「こうなったらやってやろうじゃん！」

手に握りしめた宝石を掲《かか》げ、力強くトンボは叫んだ。

「変身！」

途端、宝石から発せられた虹色の光がトンボを包み込む。

「な！　なんだこれは！」

鎧さんはあまりの眩《まぶし》さに、鉄球を振り回す手を止めざるを得ない。

いつの間にか立ち昇《のぼ》ったまばゆい光の柱の中で、トンボがゆっくりと回転しながら『変身』していく。

下からせり上がってきた虹色の光の円盤がトンボの体を通過すると、彼女の着ている服が変形した。

　フリフリの服に大きな宝石のブレスレット、最後に胸の中心に輝くブローチ。きゃるん！　ポヨン！　とよくわからないがかわいい効果音に合わせ、光の中を舞うトンボ。全自動で着替えが進み、振り付けも完璧であった。

　最後にしっかり決めポーズをつけて変身を遂《と》げたトンボ。その姿は……かわいさを追求したミニスカートのゴスロリだったのだ。

「見たか！　これが俺達の秘密兵器！　マジカル☆トンボちゃんセットだ！」

「馬鹿じゃ……馬鹿がおる」

　カワズさんはアイタタタと額《ひたい》を押さえる。

　カワズさんにはトンボにある道具を渡して主役になってもらうという事以外は伏《ふ》せておいたので、このリアクションも仕方がない。しかし、その手にはしっかりと事前に渡しておいた動画が撮《と》れる魔法が付与された水晶が握られていた。

「な、なな何これ！　全然強そうじゃない！」

　変身を終えたトンボはさっそく不安そうに叫ぶが、そいつは早合点《はやがてん》というものだ。

　確かに戦闘服として見れば、機能性など皆無なデザインなのは間違いない。むしろかわいい系である。間違いなく見た目の事しか考えていないだろう。……俺だって完全にコスプレだと思っている。しかしそいつは、俺達の最高傑作《けっさく》なのだぜ？

　とりあえず俺も一枚写真に収めておこうと思い、カメラ機能の魔法が付与された水晶から彼女を眺めて呟いた。

「うーん……しかし改めて見ると、やっぱ趣味に走ったなぁクイーン、って感じだよね」

クイーンとは、俺とカワズさん、そしてトンボが住んでいる妖精郷を治めている女王様である。『クイーン』は、彼女のハンドルネームだ。そう、マジカル☆トンボちゃんの衣装は女王様が考案したのだ。

絶望に青ざめたトンボに対して、勝ち誇ったように鎧さんが笑う。

「ふはははは！　何事かと思えば単なる着替えか！　ならば綺麗な衣装であの世にいけい！」

完全に勢いづいた鎧さんが、改めて鉄球を持ち上げる。

無理もない。あれだけ派手な演出をしておいて、出てきたのがコスプレした妖精じゃ、笑いの一つも出るだろう。まともに相手をしてくれるだけ鎧さんは立派だと思う。四天王の鑑《かがみ》である。

鉄球が再び加速し、唸《うな》りを上げる。そしてまっすぐトンボに向かってきた。

「ひぃ！」

トンボは怯えた声を出し、頭を押さえて小さくなる。

だがガツンと鈍《にぶ》い音がした後、トンボが恐る恐る顔を上げると……。

「なんだとぉ！」

驚愕《きょうがく》していたのは鎧さんの方だった。

当然の結果を目にして、俺の口角《こうかく》が上がる。トンボの周囲には砕け散った鉄球の破片《はへん》がぱらぱらと落ちていた。

「な、なになに？」

自分の体を触りながら無事を確かめているトンボに、俺は製作者サイドの義務としてその装備について解説する。

「安心していいぞトンボ！　その服はマジカル☆トンボバリアーによって守られている！　効果は『たいていの攻撃は効かない』だ！　そのままの意味でたいていの攻撃は効かない！　ついでだからその勢いでパンチだ！　トンボちゃん！」

「お、おうよ！」

「ちぃ！　何が起こった！　妖精ごときが図に乗りおって！」

言われるがまま、ぎゅっと眼を瞑《つぶ》って右手を突き出し、鎧さんへと飛び込むトンボ。鎧さんは彼女を叩き落とそうとするが、その判断は間違いだ。

「とうりゃ！」

必死な掛け声と共に、トンボのパンチが鎧さんにヒットする。所詮《しょせん》は妖精のパンチ、本当なら痛くもかゆくもないだろうが。

「……ぶるおぁぁぁぁ‼」

「ふへ？」

ところがトンボのパンチが触れた瞬間、激しい衝突音と共にダンプカーにはねられたみたいに錐《きり》もみして宙に舞ったのは鎧さんだ。彼の豪快《ごうかい》な吹き飛びっぷりは――もう事故である。

数秒して、ガチャンと落っこちてきた鎧さんはベコベコに変形していた。

しまった、思ったよりも威力があったな……なんて事は思っていない。

「まぁこのように……物理攻撃力も多少備えている」

「……多少？」

トンボの疑問に満ちた声が聞こえたけどあくまで多少だ。ＢＵＴＵＲＩは魔法少女の本分ではないと思うので、そこは譲《ゆず》れない。

「えっと、ちなみにたいていの攻撃は効かないって言ってたけど、どんなのなら防げないとかあるの？」

「……さぁ？　竜を十体くらい連れてきて、全員同時にブレスを本気で打ち込んでもらえば日焼けくらいはするんじゃない？」

「……ありえねー」

呆《あき》れ果てているトンボだが、実は俺のたとえはちょっと控《ひか》えめな表現である。

まあ、これで宝石の力は確認できたわけだし、少しはトンボもやる気を出すだろうと満足している俺に、今度はカワズさんがぼそりと耳打ちしてきた。

「……しかし、あれは本当に女王が考えたものなのかの？　あの恰好《かっこう》はちょっと……特殊すぎると思うんじゃが」

「俺だったら納得出来るって言いたいのかカワズさん……？　だけど、それは察してあげてくれ。女王様、最近は長老のブログにランキングで負けているから、結構必死に新ジャンルを開拓してるんだよ。ほら、あの『世界の名酒達』に人間サイドやらドワーフさんやらの男性票が流れてさ。こないだなんて女王様お付きのハイピクシーの方々から、ブログを何とか盛り上げて欲しいって泣きが入ったからね。だから今日だってこうしてブログ用の撮影を頼まれちゃって」

魔法少女の概念《がいねん》とか変身ヒロインの素晴らしさを熱く語り合ったりした事は否定しませんけど。でも今回ばかりは俺一人の望みを叶えるためにどうこうというわけじゃないです。すでに数枚の写真を収めている水晶をカワズさんに見せる。

撮り逃すと女王様から何を言われるかわからないからね。あの人はパソコンにはまりすぎだと思う。

「……なんたる裏事情」

カワズさんが戦慄する。言っておきますが、アンタに撮ってもらってる動画だってそれ関係だからね？　そうでもしないと今回の旅に協力してくれた方々が納得してくれないのだ。誰しも、自分の関わったものが活躍する姿は見たいだろう。

「トンボちゃん、はいチーズ！」

「なんかわからないけどブイ！」

ピースするトンボに水晶を向け、笑顔で写真を一枚。

うん。これもクイーンさんこと女王様のブログのいい素材になるんじゃないかな。

俺の旅日記？　……あんなのただの日記ですよ。

◇◆◇◆◇

鎧さんの背後にあった階段を上っていくと、次の階でもやはり誰かが待ち構えていた。

基本に忠実な安心設計の魔王城。素晴らしい。

待ち受けていたのは、大柄だが見紛《みまご》う事なき美女だった。

だがそれは上半身だけの話、彼女の下半身は大蛇のそれである。ややケバ目の印象があるのは、メイクのせいだと思いたい。

「……お前達、四天王の一角を落とすとはやるわね！　だけどあいつは四天王最弱！　四天王が一人！　氷結の＊＊＊様が極寒《ごっかん》の死へ誘《いざな》ってあげるわ！」

聞くまでもなく自己紹介をしてくれた彼女は、うねうねと体をくねらせて蛇アピールまでしてくれた。

「蛇だねぇ」

見たままをそのまま口にした俺に、カワズさんが補足する。

「ラミアかのぅ。かなり強力じゃぞ？」

「かもね。だけど問題ない」

相手が何であろうと大丈夫だという確信が俺にはあった。

「……アレに相当自信があるんじゃな。お前さんにしては珍しいのぅ」

そんな自信満々な俺にカワズさんは違和感を覚えたようだが、マジカル☆トンボちゃんセットの製作過程を思い返せば当然である。

「そりゃあ。あれだけやればさすがに……」

「……何じゃろう？　今の言葉だけでわしの方が不安になって来たんじゃけど？」

それにしても鎧さん、最弱だったのか……いい人だったのに。

この蛇女さんも四天王の一人だと判明したので、サクサク先に進ませてもらうとしよう。

相手が女の子なら、装備２がお勧めである。

「そんじゃ次は、腰のあたりにステッキがあるからそれを取って」

「了解っす！」

四天王を一人なぎ倒した事で、マジカル☆トンボちゃんセットへの抵抗もなくなってきたらしいトンボは、言われた通りに腰のステッキを取り出し、シャキンとそれを伸ばした。
先端にでっかいハートと天使の羽をあしらったステッキは、夜店で売っていそうなちゃち
なデザインだが、よく見れば妖精達の手でこれでもかと装飾が施《ほどこ》された珠玉《しゅぎょく》の逸品《いっぴん》なのだ。
「さて、準備が出来たら敵をよく見て叫ぶんだ！　マジカル☆トンボビームと！」
「ぬぬぬ！　この道具、やっぱり明らかにわたし専用だ！　ちくしょう、さてはあいつら、
最初からわたしを戦わせるつもりだったな！　ええっと……それじゃあ食らえ！　マジカ
ル☆トンボビィィィム‼」
　やけっぱち気味にトンボが叫ぶ。すると、彼女はステッキを大きく空中に掲げて一回転
するモーションに入った。この動きは仕様です。
「くっ！」
　蛇女さんは突然の攻撃に驚きながらも、両手でビームをガードした。
ステッキの先からズビビビビと効果音付きで飛び出したビームを受けても、蛇女さんは
火傷《やけど》一つ負っていない。
痛みもなかったのだろう。彼女自身もすぐにそれに気が付くと、高らかに笑った。
「何事かと思ったら見かけ倒しのようだね！　そんなものでどうしようって言うんだい！
かわいいおじょうちゃん！　……観念して氷づけにおにゃり！　ホホホホ……ホ……ホ？」
だが蛇女さんの笑い声は尻すぼみになって消えていく。きっと今、彼女の視点はとても

低いに違いない。

「にゃ、にゃによこれぇ！」

「……うふふのふ。かわいいのはどっちかしら？　お嬢ちゃん？」

いつの間にかトンボにすら見下ろされている事に気が付いた彼女の姿は、まるでストラップに付いているマスコットキャラクターのようだ。

蛇女さんも自分の現状に気が付いたらしく、小さくなった体を見回しながらわなわな震え、激しく動揺している。

これぞ、マジカル☆トンボステッキに秘められた神秘の魔法なのだ。

「マジカル☆トンボビームは、相手をマスコット的な何かに変えてしまうのだー」

「どういうことよ！　しょれ！」

小さくなった蛇女さんをこれ以上いじめるのもためらわれたので、ちょっとだけ優しく解説してみた。

ずいぶんとかわいくなってしまった蛇女さんが、つぶらな瞳と舌ったらずな声で叫びながらこっちに詰め寄ろうとしてすっ転ぶ。

……何これかわいい。

こんな状態ではどうあがこうが戦闘不能。実に平和的で、マジカルな決着と言えるだろう。

しかし、トンボはなぜかわなわなと震えながら吼《ほ》える。

「うおおお！　なんじゃこりゃ！　これがわたしの隠された真の力だというのかしら！」

「いやいやステッキの力だから……。女の子が雄叫びなんて上げないの。そのステッキは妖精作でね、ボタンを押すと先が光って――」

「なんかやれる！　わたし、やれそうな気がしてきた！」

「……聞いてねぇや」

……今は何を言っても無駄みたいだ。俺は諦めて嘆息《たんそく》する。カワズさんも、トンボを眺めて笑っていた。

「まぁ、無理もないがの」

トンボは明らかに格上の相手をあっさり下した事で、テンションが上がって来たらしい。

四天王というくらいだから後二人いるのか……。今更《いまさら》だが、トンボと闘う彼らがちょっと気の毒になってきた。

◇◆◇◆◇

続いて三階。

「たのもー!!」

テンションの高めのトンボが、階段を上った先にあった大きな扉をぶち破って叫ぶ。天井が高いその部屋には、鷲《わし》の頭を持つ、人型のグリフォンみたいな魔族が待ち構えていた。大きな翼と、ライオンのような体を持つそいつは体格もよく、なかなか強そうだ。そして先の二人同様、やる気と自信に満ち溢れていた。

「まさか四天王の内、二人もやられるとは思わなかったぜ！　だがそれもここまでだ！　この疾風《しっぷう》の＊＊＊様が、てめぇらを全員切り刻《きざ》んでやるぜ！」

ひゃっはっは！　と下品に笑う鷲頭《わしあたま》さんはそう言って鋭利《えいり》な爪をむき出しにする。戦闘準備は万全だ。

だが準備万端なのは、ここにいるトンボも同じである。

鷲頭さんの自己紹介など全然聞いていなかった様子のトンボは、ぐっと拳を握り鼻息を荒くしていた。

「タロ！　他になんか武器はないの！」

さっそくやる気十分でそう聞いてくるトンボは、明らかにわくわくしている。そんなに使いたいと言うのなら他にもギミックはたくさんあるけど。

「……手を三回叩いてくるっと回ってから、両足の踵《かかと》を一回打ち合わせてみて。そしてその動きを繰り返してみてくれ」

「まかせなさい！」

今回は自ら無駄に華麗なステップでくるくる踊るトンボ。一連の流れを繰り返すたびに、かつんと音が響く。

音に合わせてブレスレットの宝石から、ぽこぽこと丸い何かが一つ、また一つと飛び出し、トンボの周囲で浮遊《ふゆう》する。

ブレスレットの宝石よりも明らかにでかいそれは、真っ黒な球体。中心に髑髏《どくろ》マークが描かれていて、見るからに怪しい様相《ようそう》である。

その球体の中心には出っ張りがあり、そこから伸びているのはどう見ても導火線。いわゆる爆弾だ。

「おいお前！　なんだ！　そのいかにも危なそうな物体は！」

どうやら鷲頭さんはツッコミ属性の人らしい。トンボが生み出した禍々《まがまが》しい球体を見て、さっそく問いかけてくる。人間離れした姿だけど、感性は割と普通のようだ。

四天王から初めてはっきりと質問を受けたので、ちゃんと答えてあげよう。

「マジカル☆トンボボムだけど？」

「だから何なんだよそれは！」

何なんだと言われても、マジカル☆トンボボムはマジカル☆トンボボムであってそれ以外の何物でもない。

トンボは毒々しいデザインの球体をいたく気に入ったようで、目をキラキラさせていた。

「なんかいけそうなんじゃない？　これはやれそうなんじゃない⁉」

そんなトンボに鷲頭さんはすかさずツッコんでいた。

「いや！　お前も疑問を持て！　それはいったい何なんだ！」

するとキョトンとしたトンボが首をかしげてかわいく告げる。

「だから……マジカル☆トンボボムでしょ？」

「こいつも適当だ！」

じりじりと鷲頭さんににじり寄るトンボと、彼女に不吉なものを感じたのか、後ずさる鷲頭さん。

気の毒だが、なかなか危機回避能力に優れている鷲頭さんには早々に退場願うとしよう。

「敵を指差して、いけ！　と元気に叫ぶ。すると――」

「いっけー！　マジカル☆トンボボム‼」

俺の言葉など待たずに、トンボが叫ぶ。ポイポイと放たれるトンボボムの群《む》れは、放物《ほうぶつ》線《せん》を描いて敵に飛んで行った。

「ふっ。甘いわぁ‼」

しかし鷲頭さんの動きもなかなか俊敏《しゅんびん》だった。

華麗に大きな翼を広げて力強く宙へと舞い上がり、爆弾をかわす。が、そんな程度じゃ逃げた内には入らない。

マジカル☆トンボボムが『マジカル』な所以《ゆえん》はちゃんとある。

「は？」

鷲頭さんは回避したと思っていたのだろう。目《ま》の当たりにした光景が信じられなかったみたいで、その場で固まっていた。

トンボ☆ボムは鋭角に軌道《きどう》を変えて、鷲頭さんに殺到《さっとう》したのだ。

チチチと導火線の燃える音が響く。ボムに取り囲まれた鷲頭さんの引きつった悲鳴は――。

「みぎゃあああ！」

そのまま爆音にかき消され、彼は宙で散ったのだった。

ドウッとアフロヘアーで目を回しながら落ちてくる鷲頭さん。そのやられ具合こそ、マジカル☆トンボボムの犠牲者となった何よりの証明である。

俺は途中だった解説を続けておいた。

「――とまぁ、こんな風にだいたい当たるね。アフロのまま一日くらいはまともに動けないと思うよ」

「……これはひどい」

俺の横では文句を言いつつも、ニヤニヤしたカワズさんがとても楽しそうに動画を撮っている。そして肝心のトンボは言わずもがな調子に乗っていた。

「なんと……ここまで無双《むそう》した妖精が未だかっていただろうか？　いや……いるはずがない！」

得意の絶頂《ぜっちょう》らしいトンボはズレた自信をつけ始めているようだ。

そしていよいよ最後の一人である。

◇◆◇◆◇

「ふん……よくぞここまで来た。だがいい気になってもらっては困る。あの程度の奴らをいくら倒そうが問題ではない。四天王などと呼ばれてはいるが、すべては俺一人いれば事足りるのだからな……」

……その台詞《せりふ》は負けフラグじゃないか？

それは四階での対面だった。つい「負けフラグじゃ……」と口に出しそうになったが、本人はいい感じで演出できていると思っていそうなので水を差すのも野暮《やぼ》だろう。

最後に現れた男は、頭に二本の角《つの》を生《は》やし、マントを羽織った長髪の美丈夫《びじょうふ》。

彼はマントを脱ぎ捨てると、すぐさまその姿を変化させた。

体が膨《ふく》れ上がり、深い紫色の鱗《うろこ》に覆《おお》われていく。首は長く伸び、ずらりと並んだ牙が、大きな口の間から覗《のぞ》き見えた。

黄金の瞳は鋭く……って言うか、ぶっちゃけその姿は竜だった。

「この烈火の＊＊＊＊様が、貴様らを焼き滅ぼしてくれよう！」

竜族がよく使う変身魔法も、慣れてくると割と落ち着いて見ていられる。むしろちょっと和《なご》んでしまいましたとも。俺の知り合いにスケさんという女好きのスケベな竜がいるのだが、ここにいる彼は、スケさんよりも小さく、迫力も劣っていた。

「竜じゃん、珍しくもない」

俺がふと口にすると、トンボとカワズさんも口々に感想を漏らす。

「スケさんの友達か何かかな？　ちょっと小さいけど」

「そうじゃな……色もスケさんと違って微妙に黒じゃないというか……パープル？　迫力がイマイチじゃな」

俺達の感想を聞き、紫竜《しりゅう》さんはプルプル震えている。思ったより傷つきやすかったらしい。なんだか悪い事をしてしまったみたいだ。

「……貴様ら！　俺を舐《な》めているだろう！　もういい！　すぐにあの世へ送ってやる！」

あー、やっぱり怒ってる。素直な感想はどうやら直球過ぎたようだ。

しかし、相手が竜となれば手加減の必要など全くない。

相手もやる気だし、俺はさっそく最後の手段をトンボに指示したのである。

「よし！　こいつはとっておきの装備だ！　トンボ！　胸のブローチを押せ！」

「おっしゃ！　まかせろい！」

ハイテンションのトンボがさっそくブローチを勢い良く叩く。

そのままくるりと空中で一回転し、周囲に星が舞う。回転を終え、トンボがウインクをすると、ブローチから飛び出たピンクのハートの光の中から、一本の短剣が姿を現した。

それをがっちりつかみ取ったトンボはムフフと笑い、竜を見据《みす》えながら俺に話しかける。

「こいつで戦えばいいんだね！」

「いや……戦う必要もないね」

トンボが柄《つか》に手をかけて、短剣を鞘《さや》から引き抜いたその瞬間——。


ドウ！


「……何だこれはぁぁぁ」

そう叫び、竜は崩れ落ちた。

ズズンと突然横たわった竜を見て、ポカンとするトンボ。状況が把握できていないのだろう。

「え？　ええっと……勝ち！　……なの？　でもわたし何かしたっけ？」

不条理を形にしたような剣。これこそマジカル☆トンボちゃんセットの切り札なのだ。

「この剣こそ『抜いたら勝てる剣』マジカル☆トンボソードだ！　効果は抜いたら勝つ！」

「それって今までの全部意味なくない⁉」

「馬鹿言うな！　必殺技ってのは、ここぞって時に炸裂《さくれつ》するからこそ、すごく見えるの！」

「な、なるほど！」

自分で作っておいてこう言うのもあれだが……実は俺もこれはないと思う。

マジカル☆トンボソード……『必殺技とは往々《おうおう》にして理不尽《りふじん》なもの』というコンセプトの下に製作されたこの鬼畜《きちく》兵器は、勝利という結果を先に持ってきて、過程をすっ飛ばす因果律《いんがりつ》の逆転魔法である。

マジカル☆トンボちゃんセットのテーマは安全第一。

そのため、今まで自重《じちょう》していたとんでもないチート魔法すら惜《お》しみなく投入している。

「しっかし容赦《ようしゃ》ないのぅ……。下手したら死ぬんじゃないか？」

カワズさんが白目《しろめ》をむいた竜を気の毒そうにつつきながら呟いているが、そんな事があるわけがない。

「馬鹿言うなよ。当然ながら、どれもこれも非殺傷《ひさっしょう》設定だ」

「……何じゃよそれ？」

「……とにかく、この武器じゃ戦闘不能にはなってもそうそう死なないって事なんだ。うん」

何度も言うが安全第一。

それは敵にも該当《がいとう》するのだ。

四天王の皆さんも今は動けないが、決して死ぬ事もない。

……まあ、それはそれで極悪武器には違いないかもしれない。

◇◆◇◆◇

ついに四天王を倒した俺達は、上の階へ進む前に一休みしていた。

四天王全員に勝利した以上、次の相手は魔王だろうし、こちらにも心の準備というものがある。

ラスボス直前なのだから、ここは慎重に行かねば。

俺は、がま口からあるものを取り出す。

「二人とも、これを食って体力を回復するんだ。セーブも忘れるなよ？」

「……セーブってなんじゃよ？」

カワズさんがさっそく指摘してきたが、正直意味はない。

トンボは、俺の差し出したいかにもな薬の数々に顔をしかめていた。

「えぇー、それって薬かなんか？　嫌だよそんなのー、まずそうだし。タロが魔法使ってくれたらどんな怪我でも一発で全快でしょ？」

「馬鹿野郎！　魔王を前に魔法を使えなんて正気か！　直前はアイテムで回復！　フルパワーで会いに行くのがマナーだろうが！」

「……だから何のマナーなんじゃよ？」

やっぱりちゃんと指摘するカワズさんは律儀だ。

「とにかく一気に飲んじゃおうぜ！　ファイト一発！」

サムズアップする俺にトンボが尋ねてくる。

「……じゃあ、マズくないの？」

「……いや。マズい事はマズいけど」

「なら嫌」

トンボは頑《がん》としてその薬を飲むつもりがないようだった。

せっかくこの日のために準備してきたのに……。

怪我人や病人がこいつの効力を知ったら、泣いて土下座《どげざ》をするような代物も、トンボにとってはただのマズい薬でしかないらしい。

しかしこいつらはわかっていない！　ボス手前の回復の重要性は、心得ていてしかるべきだと言うのに！

「ああもう！　何が起こるかわからないんだから、少しでも疲れを取って魔王に会いに行くのが普通だろ？　それをやらないで泣きを見た奴がこの世にどれだけいると思ってるんだ！」

「魔王はそんなに戦っとらんじゃろ」

カワズさんが真面目にツッコんでくるが、こいつはセーブを忘れたうっかりさん達の心の叫びなのだよ！

そんな具合に知らず知らずの内に興奮していた俺を冷静にさせたのは、予想外にトンボだった。

なぜならばトンボが俺以上に熱かったからだ。

「でもついに魔王様とご対面だね！　さっさと階段上ろうよ！　わたしもなんだか燃えてきちゃった！」

四天王との連戦で、今まで眠っていた闘争本能をこれ以上ないほど刺激されたトンボは燃えている。

「その必要はないわよ――」

だがその時、凛《りん》とした声が聞こえて、俺達は反射的にびくりと肩をすくめる。

突然響いた知らない声の主に、俺達三人の視線が注がれる。

ゆっくりと優雅《ゆうが》に、階段の中央を下りてくる人物――。

すらりと伸びた足はモデルのようで、歩き方はもちろん、所作《しょさ》の端々《はしばし》に気品が溢れている。

「そこまでにしてもらおうかしら？　これ以上の狼藉《ろうぜき》は、見て見ぬ振りとはいかないわ。用事があるというなら聞きましょう？　……もっとも――」

床を叩くブーツの音が響き、俺はその音が一歩一歩近づいてくるたびに身を強張《こわば》らせる。いつしか緊張で生唾《なまつば》を呑《の》みこんでいた。

黒い毛皮付きのコートに身を包み、その下に着こんでいる胸元のはだけた革製の服が、妖《あや》しく黒光りしている。

「ここに来る人間の用事なんて限られているでしょうけど」

姿を現したのは、悩ましく白い髪を掻き上げる――男。

男は微笑みを湛《たた》え、俺達を悠然《ゆうぜん》と眺めている。

俺はここにきて一番の驚きに目をむき、そして、お約束の斜《なな》め上を行く事態に歯噛《はが》みする。


……魔王、オネェ系だ！

そんな心の叫びは、とてもじゃないが口には出せなかった。

「あなたが今回の勇者なのかしら。私もツイてないみたいね。自分の代があなたみたいな化け物に当たるなんて。これも神様のおぼしめしってやつなんでしょう……この場合、導いたのはあなた達の崇《あが》めている神様かな？　レイナ様、だったかしら？　だとしたらずいぶんな性悪《しょうわる》に違いないわ」

そう言ってイケメン魔王様は自嘲気味《じちょうぎみ》に笑う。彼はこれまでの四天王とは比べものにならない存在感を有していた。

神様がどうこうという話は知らないが、予想だにしなかった事実に俺は動揺してしまった。

てっきり、言葉も通じないようなとんでもない化け物が出てくると思っていたので、これはこれで助かる話なんだけど……とはいえこのキャラは強烈である。

確かに今までの魔族達とは一味違うっぽいな。もちろんキャラクター……いや、それもあるがそこだけじゃない。

この人、間違いなく俺の魔力に気が付いている。

それはここにいるカワズさん同様、ちゃんと魔力を感じる技能を身につけている事の証左《しょうさ》。魔族はその手の技能に疎《うと》いらしいので、やはり格が違うのだろう。現に四天王達は、俺の魔力に気付いていなかったのだし。

「安心していいわ。攻撃したりはしないから」

肝心の魔王様は、憂《うれ》いを帯びた表情でため息交じりにそう言う。言葉通り、何ら抵抗をするつもりもないようだ。

これから第二形態に変身するという事もないらしい……ちょっと残念。

「いきなりで申し訳ないのだけれど、ここで終わりというわけにはいかないかしら？　必要なら私の首を持っていっても構わないわ。代わりに……この城にいる者にはもう、手を出さないでもらいたいのだけれど。もちろん一切の抵抗はしないし、その後、あなた達に危害を加えるような事はさせないと約束しましょう」

「？」

魔王様の発言に、俺はきょとんとしてしまった。彼は俺の反応に構わず続ける。

「断るなら……これほどの勇者相手に少々分が悪いけど、抵抗させてもらうわね」

いや、基本的には命乞《いのちご》いと警告、いつものパターンと大差ない。だがちょっとばかり違うのは、さっきから俺を『勇者』と呼んでいる点だ。

俺が勇者に見えるとでも？　実際に勇者をやっていたセーラー戦士はこの場にいないし、俺の他にいるのは、妙にリアルなでっかい蛙と、コスプレ妖精だけなのに？

確かに剣は持っているけれど、こんなラフな姿で魔王退治に来る勇者など、いるはずがない。

未だかつて俺を勇者と誤認《ごにん》した奴は、竜、妖精、魔獣含めて残念ながら誰もいないのである。

俺は完全に予想外の事態に軽くパニックになった。

「な、なぁカワズさん？　なんかすごい勘違《かんちが》いされてない？」

どうにか平静を取り戻そうとカワズさんに耳打ちしたら、カワズさんは肩をすくめた。

「まぁ……こんな所に乗り込んでくるのは、勇者くらいのもんじゃろうからのう」

「た、確かに、言われてみればそうかもしれない」

しかし俺の中で勇者のイメージは完全なる美形である。それなのに勘違いされるとは……となると、俺のルックスもなかなか捨てたものじゃないんじゃないか？

「念のために言っておくが、奴は外見的な特徴などではなく、この状況だけでお主を勇者と判断しとるのは間違いないぞい」

「……ですよね」

心の中で考えていた事を見透《みす》かされた上に否定され、へこむ俺だった。

「……なんで今の流れで、そういう表情になるのか話を聞いてみたいわね」

魔王様にも不審がられているし……顔に出ていたようである。

「あー、いや、すみません……」

なんとなく気まずくなって謝ってみたが、対話する気があるならここは方針を変更して、さっそくここに来た用件を済ませてしまう方が賢明《けんめい》だろう。

そう考えて言葉を続けようとしたのだが、いきなり俺の前に何かが飛び出してきて台詞を遮られてしまった。

「ちょっと……わたし抜きで話を勝手に進めないでもらえませんこと？」

腕を組んで飛んでいる彼女は、何やらすさまじい自信をみなぎらせていた。

魔王様は心持ち不愉快そうに、そして俺とカワズさんは驚いて声の主を見た。

「……トンボ、何してんの？」

「邪魔じゃぞ？」

「あなたは……彼の従者よね？」

三人からほぼ同時に出てきたツッコミに、マジカル☆トンボちゃんは一歩も引かずクワッと目を開き、言い放ったのである。

「馬鹿言っちゃいけないですよ！　今現在、世界最強の妖精を捕まえて！　ちょっと態度を改めた方がいいんじゃなくて⁉」

意地悪く不敵《ふてき》に笑うトンボに、謙虚《けんきょ》なんて文字は微塵《みじん》もありゃしない。その目は完全に陶酔《とうすい》している。最高にハイって奴らしい。

「あちゃあ、ものすごく調子に乗ってるな」

「うむ、完全に暴走《ぼうそう》状態じゃな……新たな魔王の誕生じゃよ」

「あー、それ言えてるかも」

どうやら、武装を強化しすぎてしまったかな？

本物の魔王を前にして対等どころか上から目線の今のトンボは、気位《きぐらい》だけは間違いなく魔王級だった。しかしこのままにしていてはまずいかもしれない。話すら出来ない事を想定していた当初とはもう事情が違うのだ。

「あのー、トンボちゃん？　話も出来そうだし……もうそのキャラはおしまいでいいんじゃ……」

「甘い！　メープルシロップ煮詰めたものより甘いわ！　わたしを差し置いて、王を名乗る者など許しておくわけにはいかないのよ！」

……面倒臭すぎる。

俺はマジカル☆トンボセットの発案者だけに、強く言えないので下手《したて》に出たのだが、どうにもお気に召《め》さないらしいトンボ様は、逆に勢い余ってとんでもない事を宣言する始末。

「何を狙いだしたんじゃこの子は？」

カワズさんも呆れているが、これには俺も頭痛を覚えた。

「いやいや、トンボちゃん？　さすがに魔王様の前でそういう事言っちゃ……」

「魔王？　それがなんぼのもんですか？　すこし頭《ず》が高いんじゃなくて？」

だんだんと困惑ムードが漂うが、トンボは全く気にした様子もなく絶好調である。

「ああもう、面倒なテンションになっちゃって……」

そろそろマジカル☆なトンボちゃんをどうにかしないといけないだろうと、俺は魔法の準備を整える。

「確認するけど、これはあなたの意思ではないのね？」

しかし魔王様が先に割って入って、俺は少し焦りを覚えた。

「はあ……それはもちろん」

魔王様の目は明らかにトンボを捉えているが、いくらなんでも戦闘はまずい。

無駄な争いを避けるためにどうにか二人には矛《ほこ》を収めてもらいたい……というのに、この魔王様ときたら遠慮も何もなく、それどころか涼《すず》しい顔でトンボを挑発したのだ。

「ふぅん、面白いわね。でも私は、そこの彼と話しているのよ。黙っていてもらえる？」

「ふっふん！　いつまでそんな口が叩けるかしら！」

「ふぅ……じゃあ少し相手をしてあげる」

そう言ってぱちんと魔王様が指を鳴らすと、彼の後ろに火が灯《とも》った。

彼が下りてきた階段の両脇には未使用の松明《たいまつ》が二つあり、開戦の合図のつもりなのか、それに魔法で火をつけたらしい。魔王様を照らし出す松明の光は、不敵な彼の表情を一層引き立てている。

しかしいかに魔王様に自信があろうが、マジカル☆トンボセットも正気の沙汰《さた》ではない代物なんだ。度の過ぎた悪ふざけの成分を抽出《ちゅうしゅつ》して固めたようなこの装備を相手にして、まっとうに勝負できる者などいるわけがない。

どんなに真面目に戦おうと、すべてはギャグになる。

そんな反則的な装備に戦いを挑むなど、普通では考えられない。

魔王様と対峙《たいじ》しているトンボは、手に持ったマジカル☆トンボソードを掲げて見せ、すでに勝ち誇った表情をしている。

「ふっふっふ！　じゃあその余裕、すぐに崩してあげちゃおうかな！」

やる気満々でソードの柄を握ったトンボに、魔王様は再び指を鳴らした。一瞬、小さな魔法陣が弾《はじ》けたのが見えたが、効果まではわからない。

その速度は松明の時同様にかなりのスピードだった。しかし魔法陣の大きさから考えても、たいした魔法だとは思えない。

「……対処法、その一」

「それじゃあ覚悟！　ふっ！　……アレ？　フンヌ！　ア、アレ？」

トンボの顔から、先ほどまでの強気な表情が消える。

彼女は本気で力を入れて鞘から剣を抜こうとしているが、全く抜ける気配がない。

「その剣は抜かなきゃ何の意味もないんでしょ?」

淡々《たんたん》と告げる魔王様の言葉で、ようやくさっきの魔法の正体がわかる。

マジカル☆トンボソードの鞘の一部が凍らされていた。それでも力に自信がある者なら容易《たやす》く引き抜く事が出来るだろうが、非力なトンボでは到底抜けそうにない絶妙な加減だった。

「あなたの防御結界、攻撃かそうじゃないかを見分けているでしょう? 攻撃と判断されないギリギリのラインを見極められれば、魔法は通るみたいね。装備品には触れられるようだから、直接攻撃も工夫次第で入るかもしれないわ」

魔王様の手際《てぎわ》は、ほれぼれするほど鮮《あざ》やかだった。

トンボもしばらく頑張っていたようだったが、結局剣を抜くのは諦めたらしい。

だがその目に灯った野望の火は、まだ消えたわけではないようだ。

「え、えへへ。こいつはしてやられてしまったようね! で、でも! こっちにはまだほかにもたくさんすごいのがあるんだから!」

そう言ってトンボは手を叩こうとする。

「対処法、その二」

「ふへ?」

トンボの動きがなぜか突然止まる。

いつの間にか伸びていた黒いモノに、絡《から》めとられているらしい。

攻撃的な魔法なら、トンボスーツが反応するはずなのだが？

不思議に思い、よく観察してみてようやく異変に気が付いた。

謎の魔法はトンボに直接絡みついているわけではなく、結界ごと彼女の動きを制限していたのだ。物理攻撃力を備えた結界はそうたやすく抑えられるものではないはずだが、それでもがっちり食らいついている所を見ると、相当に強力な魔法のようだった。

「か、体が動かないだとぅ！」

今更ながらに驚愕するトンボ。だがもう手遅れだ。

魔王様は完全に動きを封《ふう》じたトンボに近づいてきて身をかがめると、にこやかに告げた。

「魔王のオリジナル魔法、影の魔法よ。私もちょっと珍しい魔法が使えるの、驚いてもらえた？」

魔王様がちょいちょいと自身の影を指差すと、黒い影がぐるぐると渦《うず》を巻く。

これがトンボを拘束しているものの正体らしい。ちょっと解析してみると、自らの影を操り、様々な事が出来る魔法みたいである。

なるほど、最初に松明を灯したのはただの演出というわけではなく、この魔法を使うための準備だったのか……。

戦い方に一切の無駄がない。

この魔王様、冗談じゃないくらい強い。俺は冷や汗をかき、そう強く思った。

「ごめんなさいね、拘束する魔法ってこれしか持ってなくって。あなたの結界はずいぶん固いようだけど、体の周囲を覆うタイプみたいだったから案外楽に動きを止められる気がしたのよね。それとあなたの技、何かやる時、一々ポーズとっていたでしょ？　……そういうこだわりは嫌いじゃないんだけど、ポーズも含めて魔法の一部だろうから、体の動きが封じられちゃうと魔法も使えなくなるんじゃない？」

「……わたし、どうなっちゃいます？」

恐る恐る半泣きで魔王様を見上げ呟くトンボに、魔王様はにやっと不吉な笑顔を見せる。

「……さてどうしようかしら？　さっき言った物理攻撃を通す方法、せっかくだから試してみるのもいいわね？」

「ひぃぃぃぃ！　ごめんなさい！」

一転して涙目になるトンボだったが、その点については大丈夫そうだ。

魔王様はトンボをしばらく見下ろしていたが、優しく結界の上からトンボの頭の辺りに軽く手を置き、影の魔法を解除した。

「なんてね。おふざけはこれでおしまい。本当は私でも動きを止めるのが精いっぱいなのよ。この服、本当によく出来てるわ」

「ウニャー！　バカなぁ!!」

馬鹿にされた事で顔を真っ赤にするトンボはじたばた暴れていたが、ここまで相手に見透《す》かされては、もう抵抗出来ないだろう。

……まさか結界ごと封じられるとは、こだわりが逆に仇《あだ》になってしまったか。

これはどう考えても不覚である。

だがそれ以上に、俺は魔王様に手放しで賞賛を送りたい気分だった。

まさかあの短時間でマジカル☆トンボちゃんの弱点を的確に見極めるとは恐れ入った。

「すげぇ魔王様。こんなのに勇者は勝てんの？」

カワズさんに問いかける。

「……さぁのう、わしからはノーコメントとしておいてくれ」

「そうでもないわよ。最小の労力で最大の効果を狙うのは誰だって考える事でしょう？今回はたまたまうまくいっただけよ」

俺達の呟きに魔王様はわざわざ答えてくれた。

それが出来ないから苦労するのもまた真理だろうに。誰しも、大きな力を持っていれば、力任せになりがちだ。それも仕方ない気がするが。

その典型例が、俺の目の前でもがいているし……。しかし、トンボがここまで見事に暴走してくれるとは思わなかった。反省すべき点があるとしたら、むしろそっちの方だろう。

「とにかく……この装備は封印決定だな。うん」

さっそく魔王様から暴走娘を引き取る。

かわいそうではあるが魔法で用意したロープを使いトンボをぐるぐる巻きにしていると、魔王様が砕けた様子で話しかけてきた。

「是非そうしてちょうだい。なんだかんだ言って悪ふざけが過ぎる代物よね、それ」

「いや全く」

こんな無茶苦茶な装備にだけはやられたくないのは俺も同感である。

魔王様は俺の様子を見て肩をすくめると、今度は何とも楽しげに言った。

「あなたへの牽制《けんせい》のつもりで戦ってみたけど無駄だったみたいね。でもなんというか……私は何か重大な勘違いをしていると感じたんだけど……。ひょっとしてあなた達は勇者じゃない？」

曖昧《あいまい》に笑う魔王様に、俺達が特に返す言葉も思い浮かばずにコクリと頷くと、魔王様はあーっと呻《うめ》いて頭を掻き、思いっきり脱力していた。

「そうなんだ……気張《きば》って損しちゃったわ。刺客《しかく》にしては雰囲気がゆるいし……ＯＫわかった。ぐだぐだになっちゃったけど、ちゃんとお話を伺いましょう」

気分を切り替えるようにパンと一回手を叩いた魔王様。その適応力に、むしろこちらの反応が遅れてしまった。

実力は今まさに見せてもらった。だけどそっちこそ魔王というには反応が軽いというか？　ノリの軽さについてこっちも他人をどうこう言える立場ではないけど、この魔王様はどこまでも予想外だと思える。

「俺達がこういうのもアレなんですけど、そんなんでいいんですか？　ずいぶん派手にやっちゃいましたけど？」

俺は興味本位で尋ねてしまったが、魔王様の表情を見て、さっそく認識を改める事になった。

「ああ、四天王の事ね？　いいの、いいの。あの子達は戦うのがお仕事だから。魔族にとって闘争は日常よ。だいたいあの子達を倒せない実力なら、この場で『魔王』と話す資格すらないわ」

「そ、そうですか……」

闘争を日常と言い切る魔王様の表情は、今までと全く変わりがない。本気でそう思っているのは間違いないらしい。

「とりあえず私の部屋に案内するわね。お客様を招待するなんて経験はほとんどないから、あまり期待してもらっても困るけど」

そう言って案内してくれる魔王様に俺達は顔を見合わせて、結局おとなしく付いて行く事にした。

あっ。そう言えば四天王を放置したままだった。

そこで、ついさっき持って来ていた回復アイテムが軒並《のきな》み無駄になった事を思い出す。

せっかくなので、彼らのためにトンボが飲まずに残した薬を置いて行こう。

◇◆◇◆◇

魔王様の部屋に案内された俺達。まず、ロープで縛り上げられたトンボが謝罪の言葉を口にする。

「……反省してます。ごめんなさい」

ただ、彼女の表情は不機嫌そのもので無理矢理言わされてる感ＭＡＸである。

「見事な芋虫じゃな」

「かわいそうだけど、ちょっと落ち着くまでそのままでいてもらおう。もう装備は封印するから、変な野望を企《たくら》んだりしちゃダメだぞ?」

「……もう世界征服なんて考えませんごめんなさい」

「「野望でかいな!」」

俺とカワズさんが同時にツッコむと、魔王様は笑い出した。

「あはははは!　あんた達やっぱり面白いわ。ごめんなさいね、狭《せま》い部屋で。プライベートスペースってここくらいしか取れなくって」

いやはや面目《めんぼく》ない。笑って流してくれた魔王様には改めて感謝である。

案内された部屋は毒々しい城の雰囲気とは全く違うものだった。白い壁紙に、西洋のドールハウスのようなかわいい家具達が並べられ、中でも天蓋《てんがい》付きのベッドが特別目を引く。

俺達は三人掛けの大きなソファーに座り、魔王様と向かい合っている。

目の前のテーブルには魔王様が自ら淹《い》れたお茶があり、ティーカップから立ち上る湯気《ゆげ》はとても甘い香りがして、ここが魔王の城でなかったらさぞかしリラックス出来た事だろう。

もっとも変に緊張感があるのは、机の端《はし》っこにぐるぐる巻きで転がされているトンボが陰鬱《いんうつ》な空気を発しているのが原因だろうけど……これはまぁ仕方がない。

「さぁて、じゃあ改めましてこんにちは。私は第五代魔王……」

「あーすみません。俺の翻訳魔法は不完全なので、名前はちょっとわかんないんですよ……。魔王様って呼んでいいですかね？」

せっかく自己紹介してもらえるというのに残念だが、こればかりは最初に伝えておくべきだろう。

「あらそうなの？　別に構わないけど、あなた達はちゃんと名前で呼び合ってなかったかしら？」

「あれはあだ名ってやつです。みんなに付けているんですよ」

魔王様はそれを聞くと何やらほうほうと頷いている。そしてにっこり笑って、何やら上機嫌で手を叩いた。

「ああ、どうりで変な名前だと思った。じゃあせっかくだから私にもお願いできる？　可能な限りかわいいのがいいわね！」

『かわいい』の部分を嫌に強調するのが気になったが、魔王様はさっそくちょっとしたお願いをしてきた。相手が偉《えら》い人っぽい時はあまり変なあだ名を付けないようにと心がけていたのに、これはなかなかスリリングな命名になりそうだった。

「そのままズバリ魔王様にしようと思っていたんですけど、駄目ですか？」

「ダメね。かわいくないし。いつもはどうやってつけているの？」

「いつもは……見た目とか、肩書きとかをそのままですね。名前がわからないせいで、もじりなんかも出来ませんし……」

全くもって変な縛りだと自分でも思う。最近なんとなく、この名前に限定された妙な縛りは意図的なものなんじゃないかと疑っているくらいだ。名前だけなんていくらなんでもピンポイントすぎる。花や動物と同じ名前の人間はいないのだろうか？　何か別の要素もありそうだが、それは誰にもわからない。

「へぇ、あだ名一つ考えるのも大変ねぇ」

「まぁあだ名や愛称なんて、普通は本名をもじって付けますからね。それが出来ないんじゃ苦労もしますよ」

さて、いつも通りなら見た目が最優先になるのだが……今回はキャラのインパクトがとてつもないので、第一候補は「おねぇ」とか「あねさん」とかだったりするけど。しかし、男か女かわからない的なニュアンスがこの世界に存在するかどうか？　それが問題だった。

……それをボツにすると、セオリー通り外見の特徴か。

ざっと確認すると、まずは白い長髪、吊《つ》り目で紫色の瞳、派手目のコートと衣装、耳は尖《とが》り気味だがエルフより大人しく、額のあたりに赤い石のようなものが見えると……以上総合的に考えてパッと見、目に付くのはデコの石と長くて白い髪だろうか？　特に髪は色素が薄いのか一本一本が細く、とてもふにゃふにゃで軟《やわ》らかそうだ、それをあえて例えるなら……。

「……とろろ昆布？」

「……それは却下《きゃっか》でお願いしたいわ」

「じゃあマオちゃんとか？」

「……お前さんのふてぶてしさにも磨きがかかって来たのぅ」

俺の安直すぎるネーミングをカワズさんが馬鹿にしているのがひしひしと伝わってきた

けど余計なお世話だ。俺としては頑張ってかわいいを追求した結果なんだから。

しかし幸いにも魔王様は、二番目のあだ名をとても気に入ってくれたようだった。

「それいいわ！　マオちゃんでお願い！」

「本当に？」

「あなたが付けたんでしょう？」

「まぁそりゃそうですけどね。じゃあマオちゃん、こっちもさっそく自己紹介を……」

「あ、ちょっと待って。実はこの城に入ってからずっと見ていたのよ。タローちゃんとカワズちゃんとトンボちゃんよね？　これってニックネームなのよね？　あなたが本名を知る事が出来ないというのなら、私も聞かないでおく事にするわ」

「そうですか？」

「ええ。なんだかちょっとフェアじゃないものね。それに、お互いあだ名で呼び合える間柄ってなんだかステキじゃない？」

俺のはあだ名でなく本名なのだが……まぁ今更か。

あえて反論する理由も思い浮かばなかったので、それで納得しておく事にした。

「じゃあお互いの呼び方も決まったし。さっそくお話をしようかしらね。私としてはあなた達が何をしにここに来たのか、最低限その辺りの事情だけは確認しておきたいのだけど、いいかしら？」

さっそく穏《おだ》やかにマオちゃんが尋ねてきた。そう言えば俺もまだ肝心の目的を果たしていない事を思い出した。

とりあえずの目標だった、魔王が実在するか否かの確認は達成できた。しかしもう一つ、ちゃんと話が出来そうだったらやろうと思っていた事があったんだった。

「あー！　そうだった！　こいつを渡そうかなって！」

俺は愛用のがまぐちから包み紙で包装した四角い箱を取り出して、マオちゃんに差し出す。するとマオちゃんはそれを見て、思い切り困惑顔をしていた。

「……何これ？」

「お菓子ですよ。ちょっとわけがあって異世界から拉致《らち》されてきました太郎です。どうかよろしくお願いします。妖精郷に間借《まが》りをさせてもらってますんで、あの辺りは襲わないでくださいね？　後は……ちょっとこっちに来た時に、いくつか無茶しちゃいまして。魔族さん達にご迷惑かなーという噂が立ってしまったので、その謝罪の気持ちです」

俺が差し出したのは、手作りお菓子のつめ合わせ。多少日持ちする物を選んだつもりだが、お口に合うだろうか？

菓子折りを渡してごめんなさいなんていうのは日本人だけなのかもしれないが、こういうのは気持ちが大事だから。

そう言った俺に、マオちゃんは非常に難しい顔で菓子箱を受け取りつつも、ちょっと待ってくれと話を切った。

「えっと……そんなふざけた感じじゃなくって、いちおう本当の所を聞きたいんだけど？」

「別に嘘《うそ》なんてこれっぽっちもないですけど？」

それどころか、真心と謝罪のたっぷりこもった手作りの一品と自負《じふ》しているのですが？

しかし残念ながら、相手にはそう捉えてもらえなかったようである。じゃなかったら、マオちゃんがこんなに戸惑うわけがない。

考えてみれば部下をボコボコにした直後ではあまりにも白々《しらじら》しいか？

四天王に関しては、そっちもやる気満々だったのだし、不可抗力も多分にあるので許していただきたいのだけれど？

「でもじゃあ……この島に来るだけでも相当に面倒な手順が必要だったでしょう？　そもそも、この島に張られている結界はどうしたの？　それを解くカギとなる道具も、今じゃ世界中に散らばっているって話だし。集めるのは簡単ではなかったはずよ。それだけの労力を使って挨拶《あいさつ》だけって言うのは……」

あれ？　どうやらマオちゃんは俺の思惑とは多分全然違う所で悩んでいたようだ。

そう言えばここへ来る前に友人達からそんな情報をもらった覚えがあった。

「あー、入る時には〈女神のオーブ〉〈虹のかけら〉〈月影の瞳〉ってのが必要だってあれでしょ？　一応聞いてはいたんですけど。ぶっちゃけあんなのいちいち集めてられないですわ。だから魔法でちょちょっと……」

「力任せにぶち破っただけじゃん」

むむ！　失敗組の仲間を増やそうとしてるなトンボちゃん。

すかさず入ったトンボの余計な一言にマオちゃんの表情が強張る。俺は慌てて付け加えた。

「いやいや、そんな事はないですとも！　ちょっと手荒くはなったような、ならなかったようなですけど……。あー、ちゃんと直しておきましたよ？」

結局気まずくなって言い訳にもならない事を呟いてみた俺である。

しかし、そもそもあんなややこしい結界を張った奴が悪い。話を聞いた時は全く本格的なRPGのお使いじゃないかと呆れたものだ。アイテムの探索は今度訪れるはずのどこかの誰かさんにお任《まか》せして、俺はご苦労様と祈りを捧《ささ》げておこう。

ちなみにその秘宝のうち、竜っぽいハンドルネームの人とエルフっぽいハンドルネームの人がそれぞれそれっぽいアイテムを持っていると話していたから、面白いなと思ったものだ。きっとそんなものを必要としない者ほど、持っていたりするのだろう。世の中は全くままならないものだと思わずにはいられなかった。

ただその結界はやはり強力な物だったようで、無理矢理突破したという事実は、マオちゃんを驚かせるのに十分すぎるインパクトがあったみたいだ。

「力任せ⁉　……いえ、ええっと、じゃあ、あなたにとって結界が何の意味もなかったとしてもよ？　挨拶って事は私と話が出来ると思ってたの？　自分で言うのもどうかと思うけど、魔王なんて人間側からしたら化け物みたいなものでしょう？」

「こう言うのは何なんですけど、魔王なんていないかもっていうのが半分くらいでしたね。後の半分は、失礼な話、言葉も通じないとんでもない化け物がいると思っていました。お菓子は念のためですね。ちょこっとでも意思疎通《そつう》が出来たらいいなと。話が出来る人で助かりましたよ」

実際これは嘘偽《うそいつわ》りない本音で、本気でよかったと思っている。ただし、あまりにも低確率なコースだと思っていたものだから、化け物前提で訪問の仕方が荒くなってしまったのは申し訳なく思う。

「ちなみに……その想像通りの化け物だった場合はどうするつもりだったか聞いてみていいかしら？」

恐々と聞いて来たマオちゃんだが、それは愚問《ぐもん》である。考える間もなく俺はキッパリと即答した。

「逃亡一択ですね。駄目だったら適当に戦闘不能にして、お菓子だけ置いて帰るつもりでした。俺達としてみたら実際いるかどうかがわかればそれで十分なんで」

「……それで事が済むとでも？」

探るようなマオちゃんだったが、すべてはそのための備えだった。

「そのためのマジカル☆トンボちゃんセットですよ。あれだけ理不尽な物なら、どんな化け物でも負ける気がしませんし。まあ、魔王が妖精に負けたなんてかなり質《たち》の悪い冗談の類《たぐい》ですが……結局、妖精の方が負けちゃいましたけどね」

「……それじゃあダメじゃない」

マオちゃんはそう言うが、トンボの敗戦は本当に想定外だったのだ。もっとも、使う予定は全くなかったけど、ちゃんと奥の手は用意している。それをついつい話してしまった。

「そうなんですけどね……いよいよとなればマジカル☆カワズタンが爆誕《ばくたん》するだけですし」

「なんじゃいそれ！　わし聞いとらんぞ！」

「あはは。俺も出来れば避けたい事態だから。それともやっぱりベルトとか腕時計とか、かっこいい系の変身グッズがよかった？」

「それで何せぇちゅうんじゃい！」

俺の暴露話《ばくろばなし》に血相《けっそう》を変えて食いついてくるカワズさんだが、そりゃそうだ、だって言ってなかったし。

これはあくまで有志による補助計画の一部でしかない。需要《じゅよう》のない映像をわざわざ記録する必要もないのだ。

ここまで説明した時点で、マオちゃんが天井を見上げて、ため息を吐いているのに気が付く。彼の目は脱力感と疲労で濁《にご》っていて、何とも哀愁《あいしゅう》が漂っていた。

「ええっと、じゃあ本当に……あなたは挨拶しに来ただけだったと？」

「まぁ。それ以外に何か？」

「いえ……歴史上、たぶんそんな理由でここまで来た人間はあなたが初めてなんだろうなーってね。フフフッ、タローちゃんは本当にめちゃくちゃね。私より魔王の才能あるんじゃない？」

冗談めかしてそう言うマオちゃんだが、その台詞だけは何としても否定しておかねばならない。

「……マオちゃん、そういう冗談はマジで勘弁《かんべん》です。友人にもお前が魔王だろって散々言われているんで」

ただでさえ色々言われているんだから、魔王公認の魔王なんて本当に勘弁してほしい。

「あら、そうなんだ。でも、確かにその魔力じゃ言われてもしょうがないわよね。ちなみにどれくらいのものなのかしら？　私の感覚じゃ正確に測《はか》りきれないのよ。確か人間には魔力を数値化する技術があるって聞いたんだけど……参考までに教えてもらっていいかしら？」

マオちゃんが聞いてきたので俺は答えた。

「いいですよ？　そうですね、マオちゃんの魔力をだいたい５０００だとすると……」

「すると？」

「８００くらいですかね？」

「８００？」

「はい。８００万」

「マン⁉　馬鹿じゃないの！」

驚愕するマオちゃんがこれまでにないほど目を見開いて机を叩く。それにしても馬鹿とはひどい言いぐさだ。

「……馬鹿とか言われても」

とりあえず俺は目の前に置いてあった紅茶に手を伸ばし、一口飲む。

腰を浮かせていたマオちゃんはそれを見て我に返ったのか、椅子に座り直して咳払《せきばら》いした。

「……失礼。でもいくらなんでもそれはちょっと……ねぇ？　あなた、神様か何かなのかしら？」

マオちゃんの質問は正体がいまいち掴めない俺への不安定な思考をまとめるためのものだったのだろう。俺は即、首を横に振って淡々と事実を述べる。これ以上妙な二つ名がつくのは御免《ごめん》こうむりたい。

「いいえ？　ごくごく普通の大学生でしたけどね。別の世界にいた時は普通の一般人でしたとも。おかしくなったのはこっちに来てからですよ。そこの蛙に呼ばれて」

じとっとカワズさんを見る俺。視線の先に諸悪《しょあく》の根源がいると目で訴えてみたわけだが、察しのいいマオちゃんはそれだけで、なんとなく真相に辿り着いたようである。

「……この蛙。とんでもない事するわね」

「ええ、全くです」

マオちゃんもすべての元凶《げんきょう》であるカワズさんを、正気を疑う表情で見ていたが、カワズさんはそれに狼狽《ろうばい》した。

「わしのせい⁉　いや、まぁおおよその原因はわしにあるのは間違いないんじゃが！」

必要以上に慌てて見えるカワズさんだが、そりゃそうだ。このマオちゃん、対応こそ穏やかだが今まで会った中では異世界最強に近い。出来ればそんな相手のひんしゅくを買うのは避けたいのだろう。

「まぁカワズさんも、俺を呼び出す時は悪気しかなかったみたいですけど。死に際《ぎわ》の悪あがきみたいなもんなので、許してあげてください」

なんとなくカワズさんに同情し、俺もフォローらしきものを口にする。いよいよ諦めたらしいマオちゃんは大きく肩をすくめていた。

「はぁ……もう敬語じゃなくていいわよ。むしろ私の方がちょっと偉そうに思えてきたわ」

「いえいえ、俺なんて人様に敬《うやま》われるような人間じゃないんで今のままで十分です」

「……そう言ってくれると助かるわね。私を殺す気がないっていうのも感謝しないと。もうこの際言っちゃうけど、たぶん私を今殺してもあまり意味がないんだけどね」

「ん？　まぁ最初からそんなつもりはさらさらないので……でも、意味がないというのは？」

あまり積極的に話す事でもなかったようだが、興味本位で尋ねてしまった俺に、マオちゃんは何やら悪戯《いたずら》を思いついたように笑っていた。

「うーん、そうね。その辺りを話すと長くなっちゃうんだけど構わない？」

「別に構いませんよ」

むしろ魔王の裏事情などちょっとだけ興味がある。断りを入れたマオちゃんは椅子に座り直すと、その理由とやらを話し始めた。

「じゃあまず、魔王っていうのは実はただの魔族の長《おさ》ではなくて……もっと別の意味があるの。具体的に言うと、魔獣が異常繁殖《はんしょく》した時にそれらを総《す》べる役目として『魔王』は選ばれる仕組みになってるのよね」

「ほっほう。それはまた……」

その台詞を聞いた途端、カワズさんがピクリと反応するのが目の端に見えた。表情がいつも以上に真剣だ。カワズさんの変化を気にせず、マオちゃんは続ける。

「だから魔王は魔王継承《けいしょう》と同時にある魔法を使う事になる。魔獣は放置できないから」

当然のように話すマオちゃんに対し、トンボが不思議そうに声を上げる。

「魔獣が増えたからってマオちゃんが何か困るの？　そんなに強いのに？」

身を以《もっ》て魔王の強さを体感したトンボだからこその疑問なんだろう。マオちゃんは頷いて答えた。

「もちろん。単純に増えすぎると食料を食いつくしちゃうし、お腹が減ると凶暴になっちゃうでしょ？　魔獣は元々好戦的だからその辺りが極端なのよ。一匹一匹は弱くても、集団となると手に負えなくなるの。でもその辺りのリスクを軽減する事が出来るとしたら便利だと思わない？」

「ふむ、すると魔王という存在は何かの……魔法儀式的な物に必要不可欠な存在なのかの？」

カワズさんの真面目な問いに対し、マオちゃんは頷いて肯定する。

「まぁそういう事ね。ズバリ言っちゃうと私達の先祖は魔獣を制御する魔法を用意したのよ。私は魔人族って種族なんだけど……って言ってもわからないかしら？　魔人族っていうのはね、魔族の中でも少し特殊な種族で、結構強い力を持ってるの。でも、希少種《きしょうしゅ》である竜以上に数が少ない。昔の魔人族は、個としては強力だけどあまりに数が少ない自分達の繁栄《はんえい》に限界を感じていたらしいのね。だから他の、自分達と同じように少数の種族や、他所の種族のはぐれ者達を束《たば》ねて魔族を名乗ったわけ。そしてさらに自分達の陣営を強力にするために魔獣達をも取り込んだ。つまり、魔獣を使役《しえき》するために必要なのが魔王の儀式ってわけ。魔獣を操って見せた魔人族の長は、束ねた種族達から確固たる信頼を得て王を名乗るようになる。それが魔王の成り立ちよ」

「それはすごい。魔獣を使役ですかのぅ？」

カワズさんも驚いたようだ。

何度も魔獣が戦っている所は見ている。どこにでもいるそいつらを、全て統括《とうかつ》しているとしたら、それはすごい魔法だと思う。だけど、マオちゃんはそんな俺の言葉に苦笑いで答えていた。

「まぁ実際はそんなに便利な物ではないんだけどね。ここから先は本当は秘密なんだけど……。確かに魔獣達は魔族に属する者を襲わなくなった。だけど完全に言う事を聞かせられるわけでもないのよ。魔王に出来るのは魔獣達に方向性を与えるまでなのよね」

「方向性ってなんです？」

「攻撃対象となる相手を限定するって事。そしてそれも完璧とはとても言えないものなの。魔王との物理的な距離が遠くなればなるほどその制御効果も弱まっていくわ。その上、魔力を馬鹿食いするすごく燃費《ねんぴ》の悪い魔法なの。だから初代の魔王以降は魔獣の異常繁殖って事態が起きた時にしか選ばれなくなるようになったたってわけ。いちおう魔王継承の儀式っていうのには特典があって、今までの魔王の魔力を引き継ぐ事が出来るんだけど、それでもかなりしんどいのよ」

最後の方が愚痴《ぐち》っぽくなったマオちゃんは、どこかうんざりしているようにも見えた。彼もどうやら好き好んで魔王になったわけではなさそうだ。

「それで、その魔獣達に与えた方向性というのが人間だったんですかの？」

ぽつりと呟くようにカワズさんが言った台詞を聞いて驚く俺。目を細めたカワズさんは、どこか怒っているようにも見えた。

俺の方は、いまいちカワズさんほど感情的にもなれずに戸惑っていたが、魔王様はいたって普通に頷いた。

「そう。よくわかったわね。主にその標的は人間って事になるわ」

「あちゃあ。そんなに人間を目の敵《かたき》にしなくても」

俺の言葉に対し、マオちゃんはゆっくりと頭を振った。

「いやねぇ、別に私個人としては目の敵にしてるわけじゃないのよ？　これに関しては消去法の結果じゃないかしら？」

「消去法ですと？」

「そう。まず魔族に被害を出すわけにはいかないのは絶対条件。妖精は数が少ない。竜も同じくそう。竜についてはわざわざ敵に回すにはリスクが高すぎるっていうのはあるわね。それなりに強くて、数が多い種族——それが人間だっただけ。結局魔獣が増え続ければ、どっちにしても困る事になるから数は減らさなきゃならないでしょ？　もっとも、実際は人間の方こそ魔族を一番目の敵にしているからってのが理由だろうけど」

魔獣と人間。厄介者がお互いに潰《つぶ》しあって数を減らしあってくれれば魔族にとっては悪い事なしってわけか。人間には迷惑以外の何物でもない話だった。

「えげつない……」

「まぁそうね。それは認めるわよ。だから私は、直接手を出すような事は極力しないわけ。魔王がたまにしか現れないのも、だんだんとこの魔法の必要性自体が無くなってきたって所が大きいしね。現に魔王がいない時でも、魔族って名称は使われてるわけだし」

たまにならいいという問題でもない気がするが、いずれにせよ他所《よそ》の世界の人間である俺が、とやかく言えるようなものではない。複雑な歴史的背景なんかもあるのだろうなと察する事が出来たが、とはいえ一人間としては非常に複雑な心境だった。

カワズさんもそれは同じなのか、しばらく目を閉じているようだったが、最後にこう言った。

「じゃが、人間から見たら、魔獣をけしかけて操っている魔王は、どう考えても悪だと思うのじゃが？」

その台詞は確認の意だけでなくそれなりの感情を含んでいるっぽい。マオちゃんもそれを理解しているようだった。

「そうでしょうね。だから人間も勇者なんて暗殺者をけしかけてくるんでしょ？　小競《こぜ》り合いも何度あった事か。実際魔王が倒れれば魔獣の方向性が散漫《さんまん》になるわけだから、人間への被害も減るでしょうし。私達もぐだぐだ言い訳するつもりもない」

「まぁそうでしょうな。増えた魔獣以上に、魔王という指導者を得た魔族は人間の脅威ですからのぅ」

「それは褒《ほ》め言葉と受け取っておくわ。もっとも、魔族自体は負け越しているといっていいんだけどね。事実、大陸の半分を支配しているのは人間なわけでしょう？　忘れないでほしいんだけど、目標が人間にされたのには、理由がないわけじゃない。人間そのものが魔獣と同じ危険性を秘めているって事よ。そしてここで、さっきの私を殺しても意味がないって話と繋がるわけ。新しい魔王がすぐに死んだりすると、魔獣の数が減っているわけでもないから、また新たな魔王を選別する魔法が発動しちゃうの。次は先代の魔力も取り込んでさらに強い魔王になるけれどね」

そして魔王は常に人間に恨まれ、狙われ続けて、死んだとしてももっと強い魔王が現れるという負《ふ》の連鎖《れんさ》が続くわけだ。ただどちらにしても魔獣の異常繁殖は起こるので、もはや天災に近い現象なのだなと漠然《ばくぜん》と思った。

「ふっ……。だから自分を殺さない方がいいと？　随分簡単に重要な事を話すとは思ったんじゃが、わかりやすい事をなさいますな魔王殿」

カワズさんが不敵に笑う。マオちゃんもまた同じような顔で笑っていた。

「そりゃそうよ。魔王になったって言っても、そんなに早く死にたいわけじゃないしね。もちろん話自体は嘘じゃないわよ？　これは純然《じゅんぜん》たる事実。それを加味して理性的に判断してくれる事を願っているわ」

マオちゃんはそう話を締めくくったわけだが、元より俺に魔王をどうこうするつもりなんて皆無なので、そんなに笑顔で怖い目をしないでほしい。それよりも俺には今の話に、魔獣云々《うんぬん》よりも引っかかる所があったのだ。

「……ふぅん。で、マオちゃん？　ちょっと気になったんだけど、その次代の魔王に魔力を引き継がせる魔法って簡単に使えるようなものなの？」

些細《ささい》な疑問だが、マオちゃんは意表を突かれたようだった。

「？　いいえ、そんなわけないわよ。そもそもこの魔法は魔人族の秘奥《ひおう》だもの。死の瞬間に魂から自身の魔力を引きはがして、次代の魔王に受け継がせるわけだけど……本当に厄介な魔法でね。確かに魔力の絶対量を底上《そこあ》げする事は出来るんだけど、受け手の魂が壊れるリスクが高いわ。魂は色んな情報が集まって出来ていてね、すごくデリケートなのよ。まず魂の器があって、その器の中に無理矢理歴代魔王の魔力を詰め込むわけだから……死んでもおかしくないくらいのハードな魔法ね。私も死ぬかと思ったんだから。危険なだけに受ける器にも求められるものがあるのよ……こればかりは仕方がないわよね」

「……へぇ」

実に興味深い意見だ。

ふとカワズさんの方に視線を移すと、あからさまに汗をかいていた。この話は実に俺の話に似ている。俺も誰かさんから、知らない間に魔力を詰め込まれたのだから。やはり過去の事とはいえ、カワズさんには思い当たる節《ふし》があったようだ。

「そ、そうかのぅ……こ、こんな魔法ありふれたもんじゃろ？　それに言うほど危ないものでもないと思うんじゃ！」

さっきの真剣な表情はどこへやら。きょどり気味に言い訳を始めたけど、詳しい人が近くにいるので無駄だった。

「そんなわけないわよ！　魂を扱う魔法はどんなものでも危険だって聞いてるわ……って注目して欲しい所はむしろ魔獣を操れるって方だったんだけどなぁ。で？　どうしたの？　タローちゃん？　そんなに怖い顔して？」

「いや、余罪《よざい》がまた出てきたもので……カワズさんが使った魔法、今度ちゃんと調べてみようかな？」

「……！　いや！　それは、やめた方がいいと、思うんじゃよ？　うん！　終わった事じゃし！」

「……俺もそう思っていたんだけどね」

余罪の追及なんて家の中が気まずくなるだけだと思っていたが、知ってしまってはやはり気になるものだろう。今はマオちゃんもいるし、深くは追及しないけど。

「？　まぁ楽しそうで何よりだけど。私の話はこんな所ね。命乞いもこれで終わり。後はあなた達に任せるわ」

きっとこの「任せる」は、自分の扱いを含めての任せるなのだろう。何だかんだ言って、この魔王様は潔《いさぎよ》すぎると思う。

「だから……最初から血なまぐさい話をするつもりなんてないんですよ。でもちょっともう一個ぐらい聞いてみたいかも？」

「何？」

「あなたは魔王になりたかった様子でもないのに、よく命まで懸けられるなぁと」

俺からしたら到底信じられない話だった。

初対面で彼がいきなり提案したのは自分の命と引き替えに城の仲間を助けてくれというものだった。そんな事をあっさり言ってのけた魔王様の態度が、単純に不思議だったのだ。

魔王様はしばらく紅茶のカップを手にとって黙って揺《ゆ》らしていたが、なんでもない事のように言った。

「そうねぇ。勝ち目がないのはあなたを見た瞬間にわかっちゃったけど、これでも私は魔王様だし、勝てないならとっとと目的を達成してもらって――つまり私を倒してもらって、部下を温存して魔獣の対処に当たらせた方がいくらか建設的かなと……そう思っただけよ。それに、次の魔王に戦力をたくさん残してあげられるでしょう？」

秘密を聞いた今となっては合理的だと思える事を言う魔王様だったが、しかしその後にもう少しだけ付け加えた。

「まぁ個人的には逃げ出したいのはやまやまなんだけどね。でも、勝ち目がないならないなりに出来る事を考えるのが王様ってものなのよ。私は確かに望んで魔王になったわけじゃないけど、魔王がただの魔法装置じゃないって事も残念ながら理解しちゃっているのよね。やっぱり魔王は魔族の長なのよ。今の所、ちゃんと部下の子達も命を懸けて私を王様だって言ってくれているわけだし、私もいざって時に命くらい懸けられないと釣《つ》り合いってものが取れないでしょう？」

ごく当然のように言ってのける魔王様は、まさしく王様だった。

最後まで俺の魔王像をこれでもかというほど裏切ってくれるマオちゃんは、どこまでも姉御肌《あねごはだ》なイケメンなのであった。

そして思ったよりもずっと話せる魔王様に、一つの思いつきが頭をよぎった。

これなら……アレを渡してもいいかな？

俺はなんとなく気まぐれで提案する。

「せっかくですから……これもらってみませんか？」

「へ？　またお菓子かしら？」

「いやいや、こいつも手作りに変わりないですけど……」

俺はさっそく何でもしまえる愛用のがまぐちを取り出して、手を突っ込んだ。

◇◆◇◆◇

一体何が起こるのかと、それなりに身構えて訪れた魔王城は、むしろ笑いを誘うような和やかさじゃった。

話し合いの末、タローは結局パソコンを渡しただけでなく、城にも数台置く事まで魔王に約束する始末。よくもまぁ人類の仇敵《きゅうてき》を前にしてここまで軽い態度を取れたものだ。

じゃがそれもこれもこいつだからこそ……もし、わしが同じ立場だったとしても、同じ事をしようとは思わないだろう事は容易に想像がつく。

ありえない話し合いが終わり、部屋を後にする。

その時、最後尾にいたわしは呼び止められた。

「ところでカワズちゃん？　ちょっと変な話をしてもいい？」

呼び止めたのは魔王その人だ。

「……何ですかな？」

わしが世間話でもするようににこやかに振り向くと、魔王様は続けた。

「私の前の魔王様……人間蔑視《べっし》の強かった彼は、今、私達の間でとてもバカにされている魔王なの。それは歴代の魔王の中で初めて普通の人間の魔法使いに敗れたから。その魔法使いは、魔王の城からいくつか魔法に関する書物も奪って行ったんですって。もっとも魔法使いの方も、その時結構な深手《ふかで》を負ったらしいけど……カワズちゃん、この話、知ってる？」

魔王様は探るような目こそしていたが、計略というよりも悪巧《わるだく》みといった顔付きじゃった。そこには好奇心が強くうかがえる。そんな彼に、わしはあっさり言った。

「いいや。わしはしがない亜人の魔法使いですからの。何の事やらさっぱりわかりませんわい」

「そう。ならいいのよ。変な事を聞いてごめんなさいね」

「いえいえ、ではこれで」

全く今度のは、また面白い魔王様じゃなぁ。

そんな事を思って、わしは魔王にニヤリと笑い顔を残して、その場を立ち去る。

「どったのさ？　トイレか何か？」

「いや、何でもない。ちょいと昔話をの」

しばしの間、じっとこちらを見ていたタローだったが、それ以上は追及しないようじゃった。

「ふぅん。まぁいいけど」

「そろそろこれほどいてよ！」

トンボはぎゃんぎゃんとわめいておる。

もうその後、わしを呼び止める者はいなかった。

3

「…………だるい」

ぼそりと俺はほとんど無意識に呟いていた。リビングで魔導書を読んでいたのだが、全く頭に入ってこない。

俺の呟きが聞こえたのだろう、同じく机の反対側で本を読んでいたカワズさんが何気ない口調で尋ねてきた。

「なんじゃ？　風邪でもひいたか？」

「……そうかもしれない」

とにかく体が重いのである。腕一本上げるのもおっくうで、今朝も食欲が全くわかなかった。

いつだって妖精郷はとてもいい気候だというのに、寒くて堪《たま》らないというのだから、確かに風邪の症状によく似ていると思う。しかし、風邪くらいなら魔法で予防出来そうなものなのに……そこだけが引っかかった。

「まぁ、しばらく寝てれば治ると……あら？」

風邪くらいで大騒ぎするのもなんだかなぁと思っていたのだが——不意に体から力が抜けて。

「おい？　……タロー！」

「あー……」

フラリと体が傾き、視界が歪《ゆが》む。

それから空気が抜けたみたいに脱力感が襲ってきた。

どうやら俺の意識のスイッチは一旦切れてしまったようだった。

「……タロー殿！　タロー殿！　しっかりしてください！」

「タロ！　何やってんの！　タロ！」

誰かが必死に俺を呼ぶ声がぼんやりと耳に入ってくる。

興奮しているのか、かなり大きな声だが、女性のものとわかる、とても綺麗な声音だった。

これはたぶん……ナイトさんか？　後半はトンボちゃんかもしれない。

ひんやりと冷たいものがおでこの辺りに押し付けられている。感触からして手のひらのようだ。

サイズ的にトンボだと大きすぎるから、ナイトさんだろう。

ならば今目覚めた方がいい。いや、今目覚めないでいつ目覚めるというのか？

瞼《まぶた》をそっと開くと、そこにはナイトさんの顔が……。

「…………いつか同じような事があった気がするけど、正直あの時以上のインパクトだよ」

「具合を見てやった恩人に向かって第一声がそれか？」

暗闇から現れたのはでっかい蛙だった。俺はダメージを受けた。

だいぶ慣れてきたと思っていたが……至近距離はやっぱりきつい。

しかしそれはともかく、どうやら俺はいつの間にか自分のベッドに寝かされていて、俺を取り囲むように見知った顔が並んでいた。

まずは俺の頭に手を当てているカワズさんだ。

そしてその後ろにはなんだか心配そうな顔のトンボと、おろおろしているナイトさんの顔も見える。

洗面器を持っているのはクマ衛門で、彼も心なしか心配そうな顔だった。

このメンバーで多少なりとも医学の心得がありそうなのはカワズさんだけっぽいから仕方がないんだけど……それでも期待を外してしまったと感じる俺は、どこまでも馬鹿だと思う。

衝撃のあまりもう一度気が遠くなったが、何もそれは精神的ショックによるものだけではないらしい。

体を動かそうとしてみたが、いまいち力が入らない。どうやら俺は本格的に病人になってしまったようだった。

「どうなのですか！　カワズ殿！　タロー殿の容体《ようだい》は！」

「大丈夫なんだよね⁉」

ナイトさんとトンボがカワズさんに詰め寄っている。しかし別段緊迫《きんぱく》した様子もなくカワズさんは診断の結果を伝えた。

「ふむ……こいつは風邪じゃないのぅ。たぶん魔法使いになりたての奴がたまにかかる病気じゃ」

「そ、そうなのですか？」

「たぶんの。わしも医術は専門外なんじゃが、この症状は見た事がある。簡単に言うと魔法を扱いなれん人間が魔法を多用すると、たまにじゃがこうやって体調を崩す者がおるんじゃよ。一説では魔力を使うという未知の感覚に、体と魂が拒絶《きょぜつ》反応を起こした結果と言われておる」

「それは大丈夫なんでしょうか……」

ナイトさんの問いかけに、俺は布団の中で聞き耳を立てる。

ごくりと生唾を呑み込んでカワズさんの言葉を待っていたんだけれど、カワズさんはたっぷりと勿体《もったい》つけてハッと鼻で笑ったのだ。

「こんなの大した事じゃないわい。まぁ、魔法が原因の症状だけに、魔法でどうこうしようとすると悪化するがのぅ。時間はかかるが……五日も寝とれば余裕で治るじゃろう」

カワズさんがそう言った瞬間、張り詰めていた空気がふっと緩《ゆる》むのを俺も感じた。

「ホント？　よかったー！　何事かと思ったよー」

「本当ですよ……」

「がう」

「あー……ごめん。心配かけたー」

実は俺もカワズさんの説明でちょっとほっとした一人である。

本当に自分でも原因不明で、何事かと思っていたけど、大した事がないなら心配させすぎるのもよくないだろう。

俺はちょっとでもみんなを安心させようと体を起こそうとしたが、慌てたナイトさんに止められてしまった。

「寝ていてください！　そうです！　安静が一番ですので！」

ここで強がりの一つでも言えればいいのだろうが、軽く押さえられただけでよろめくようではそんな台詞も出てこない。

「……了解です。じゃあお言葉に甘えてちょっと休ませて……ハ……ハ……」

鼻もむず痒《がゆ》いし。大人しくベッドに戻った俺にはその時、カワズさんが難しい顔で眉を顰《ひそ》めているのが見えたのだ。

「だが……ちょっと気がかりな事はある」

「ハクシュン!!」

とうとうくしゃみが飛び出した。

次の瞬間、ズンと地鳴りのような音がして、全員が黙り込む。

俺自身はくしゃみの瞬間だったせいでよくわからなかったが、どうやら何か揺れたようだ。

「……何じゃい、今のは？」

「……地震でしょうか？」

「妖精郷に地震はないよ？」

トンボの言うように、ここは女王様の手によって作られた異界だけに、地震みたいな自然災害なんてものは存在しないのだが……いったいどうしたのだろうか？

クマ衛門が額に濡《ぬ》れタオルを当ててくれるが、冷やしてもどうにも頭が回らない。そのまま眠ろうとしたが、玄関からドカンとドアが蹴破《けやぶ》られたみたいな音がして、閉じかけた瞼を再び開く。続いて俺の部屋のドアが踏切板《ふみきりいた》並にたわんで飛んできた。

あまりの事に俺も何が起こったのかわからずにポカンと口を開けたが、この部屋にいる全員が似たような顔をしていただろう。

「お前らいったい何をしたぁ！」

いつもなら登場の演出に並々ならぬ意欲を見せる女王様が、そんなお約束を無視して顔色を変えて突入してきたのだから、全員がポカンとするのも仕方ない。

怒鳴り込んできた女王様はいつもの落ちつきなどどこかに置き忘れて来たようだった。

「……いったいどうしたんですか？」

「どうしただと⁉　外を見ろ！　外を！」

部屋の窓を指差しながらまくしたてる女王様に促され、四人が揃って外を見て、そして絶句《ぜっく》する。

俺も外に視線を向けてみると、なんと空には大きな亀裂《きれつ》が浮いていたのだ。不気味な亀裂は空そのものを割《さ》いているようだ。妖精郷に異変が起きたのは一目瞭然《いちもくりょうぜん》だった。

「ここの結界が壊れかけたんだぞ！　何をいったいどうすればこうなる！」

怒り心頭《しんとう》の女王様にカワズさんがあちゃぁと額を押さえる。

「はぁ……まさかとは思ったが」

そう言って俺を見るカワズさん。嫌な予感しかしなかった。そしておもむろにカワズさんはある仮説を口にした。

「この病気には……もう一つ特徴的な症状があってな。普通なら大した事はないんじゃが」

「な、何があるというのですか？」

詰め寄るナイトさんにカワズさんは目を逸《そ》らす。

「魔力の制御が極端に甘くなる……。普通は小物が壊れたり、弱い魔法がはじける程度なんじゃが……こいつの場合、そもそも魔力が桁外《けたはず》れじゃからなぁ」

「ど、どうなるの？」

トンボが固唾《かたず》を呑む。すると青くなったカワズさんが現実逃避《とうひ》した虚《うつ》ろな目で言った。

「ハハハ……かなり危ないかのぅ？　いったい何が起こるやら？」

「今すぐ治す方法を考えろ！」

「ぬおおおお……」

女王様にぐりぐりとコメカミに拳をこすり付けられ、なすすべもなくカワズさんがやられている。

「あー、ほんとすんませんー……」

今の俺には謝るくらいしか出来ないが……とにかく早期治療は急務のようだった。

◇◆◇◆◇

最近じゃ普通にパソコンを使いこなせるようになったカワズさんはネット上で医者を探す所から始めたらしい。だが、結局見つからず、めぼしい解決方法も得られなかったようだ。パソコンを利用した我がネットワークは、今では人間達の間でも利用者が増え始め、小規模ながら情報を仕入れるのに役立つ事も多々ある。

工夫次第ではなかなかに便利なので、徐々に浸透《しんとう》していっているはずである。ただ、今回に限っては俺達の配布先の選び方がネックになってしまったらしい。

まず妖精郷のあるアルヘイムと呼ばれる、人外《じんがい》が主に住んでいる地域には、人間の体に詳しい者がそもそも少ない。そして人間側も大きな街を避けてパソコンを配っていたので、医者はいても魔法による変調《へんちょう》までわかる者がいなかった。しかもこの症状自体、現れる事が稀《まれ》であり、なおかつ放っておけば治る病気だけに、時間をかける以外の治療法がなかなか存在しないのが現状らしい。

「……こうなれば、仕方がないか」

匙《さじ》を投げたと思われたカワズさんがぼそりと漏らす。

カワズさんにはどうにか出来そうな相手に心当たりがあるらしい。そのまま周囲の圧力もあって、あれよあれよと言う間に出発したはいいが、なぜかカワズさんの顔色はすぐれなかった。

……もっともそれは俺も同じだったけど。

俺は布団で簀《す》巻《ま》きにされた状態で、背負子《しょいこ》に固定されてナイトさんに運ばれている。こんな時、人はどんな顔をしたらいいのか？　教えてもらえるものなら教えてもらいたい。

「……なぁ、なんで俺はぐるぐる巻きなんですか？」

「運びやすいからじゃない？　どうせ動けないじゃん」

「そりゃそうだけど……もっとこう、ありそうじゃないか？」

「うーん、じゃあこう……抱きかかえてもらったり、直接背負ってもらったりする方がいいの？」

トンボが頭の上に飛んできて、わざわざジェスチャーを交えて言ってくる。おかげでその姿がたやすく想像できた。

「うーん。それは……すごく微妙」

「だよねー。抱きかかえられてるタロを思い浮かべたら笑っちゃうよ」

「全くだね。そんな事されたら病気で死ぬ前にキュン死にしちゃうよ？」

「乙女《おとめ》か」

トンボに頭をはたかれる。

「じゃあ、さっきからぴらぴらウザったい額の札は何なんだよ？」

「魔法使用禁止って書いてあるよ？」

「俺に見えなきゃ意味ないだろう……」

「そう言えばそうだね」

カワズさんの転移魔法でやって来たのは、人間側にある彼の母国、ガーランド帝国の東に位置する深い森である。

カワズさん曰く、目的の人物はこの森の奥深くに住んでいるという。しかしトンボは疑いの眼差《まなざ》しを向ける。

「でもさー。こんなところに本当に人間が住んでるの？」

「だねぇ……ッズズ。不便そうだ」

俺達みたいに、人里を離れて生活している人が他にもいたんだなぁと妙な親近感がわいたが、よく考えるとそんな人物は俺達同様ユニークなのには違いなく、すんなり仲良く出来るかどうかは疑問の余地があるだろう。

俺達の会話にカワズさんが割って入ってくる。

「変わり者の魔法使いでな。人が使わないものほどよく使う偏屈《へんくつ》な奴じゃが、それでも腕は一流じゃった。まだ生きておるならここにおるはずだ」

カワズさんをしてなお変わり者と言わしめる、その事実だけでかなり高レベルの変わり者だと予想された。

そんな話を聞きながら、見た目通りお荷物の俺は、もうなんだか情けないやら、申し訳ないやら。出来るのは、精々魔力が暴発《ぼうはつ》しないようにしっかり集中している事くらいだった。

「窮屈《きゅうくつ》でしょうが頑張ってください」

「……ほんとすんませんナイトさん」

「何のこれしき！　私に任せてください！」

心なしかうれしそうに返事をするナイトさんは、いつも以上に張り切って見えた。

彼女は今、俺を担《かつ》いでいる上、お気に入りのフルアーマーナイトさん状態だというのに、その足取りからはこの超重量装備の重さを全く感じさせない。

森を進むナイトさんは常にリズミカルだった。なんというか……パワフルだ。単純に背負われているお荷物としては、それはそれで泣けてくるから不思議である。

「……」

そんなナイトさんとは対照的に、カワズさんの足取りは見るからに重く、進めば進むほどそれが顕著《けんちょ》になっていく。

「……カワズさん大丈夫？　なんか森に近づくにつれて、いつにも増して顔色が悪いよ？」

「……はぁ」

返事にもため息が多くなっているのだからなかなか重症のようだ。

露骨な態度のカワズさんにナイトさんが不思議そうに尋ねた。

「何がそんなに気分を重くさせているのですか？　タロー殿の一大事だというのに？」

「……わかっとるんじゃ。これが最善じゃというのは、ちゃんとわかっておるんじゃよ。だがのぅ……あいつはなぁ」

カワズさんにも何かしら行きたくない理由があるのだろう。しかし今は緊急事態、多少の不都合は我慢してもらうしかない。

「なんか……悪い。は……は……」

そして間の悪いタイミングで俺の鼻がぐずりだす。すぐさま緊張が走り、カワズさんが鋭く叫んだ。

「トンボ！」

「あいよ！」

スッパシ！

鼻面に痛烈な一撃。

トンボの手には丁度いいサイズのハリセンが握られていた。

「フグッ！　……このくしゃみの止め方どうにかならないんだろうか？」

俺がくしゃみをしそうになったら、こいつで一撃して止めるのである。理屈はわかるけど、もうちょっとマシな方法にして欲しいです。

具体的には痛くない方法を模索《もさく》してもらいたいんだけど、抗議の色を含んだ俺の視線にトンボはハリセンを俺の鼻先に突き付けてきた。

「何言ってんの！　くしゃみしたら危ないじゃん！　このくらい当然でしょう！」

「……まぁそりゃそうなんですけど」

「うむ、わかればよろしい」

トンボの言う通り、今の所暴発のきっかけはくしゃみらしいので仕方ないのだが、ジンワリと鼻から伝わる痛みで目に涙がたまってくる。いい加減にしないと鼻の形が変わりそうだ。

俺の頭上でふんぞり返っていると思われるトンボのハリセンの冴《さ》えは、今後も衰《おとろ》える事はないようである。

しかし進めば進むほど、怪しい雰囲気を醸《かも》し出す森だ。

奥に進むたびに薄暗くなるのはもちろん、生えている木々もうねうねと折れ曲がり、不気味な様相を呈《てい》してくる。湿度も高く、じめじめした森の道のりは俺じゃなくても気が滅《め》入《い》るだろう。

ただ、それだけで済むわけがなかった。俺も森に踏み入った時から何かあるんじゃないかとは思っていたんだけど、こういう嫌な予感はよく当たる。

森の中で何かが動いているのを見つけて、ナイトさんが歩みを止めた。

相手は俺にでもわかる程に露骨である。チラチラと木の影から見えるそいつらはとても大きく、その上数も多いらしい。

そんな奴らが自分達をグルリと取り囲んでいるのだから、他のメンバーもさっきまでのお気楽な雰囲気がガラリと変わり、緊張が高まっているようだ。

「……なんか来た？」

俺も不安になって声を出すと、ナイトさんの頷く気配が伝わってくる。

「おうおう手荒な歓迎じゃわい」

カワズさんは不敵に笑い、トンボですら身構えている。しかし、簀巻きにされて身動きの取れない俺は全くの役立たずだ。何せ魔法を使えば暴発の恐れがある。さらには自力で逃げる事すら出来ない。

紛れもなく異世界に来てから、トップクラスの命の危機だ。そう思うとゾクリと俺の背筋に寒気が走る。

これは間違いなく恐怖というやつだろう。最初の頃はいつも抱いていた感情なのに、ここにきて最大級のヤツを感じるのだから情けない。緊張して、じっとりと汗が滲《にじ》む。ガチャリガチャリと木々の闇から現れたのは、人よりも遥かに大きな鎧の化け物達だ。

四天王にいた鎧さんみたいに意志があるようには見えず、ただ虚ろな人形のようだった。

「……自動人形《オートマトン》か？　凝《こ》ったものを作りよるわい」

「……オートマトン？」

「ああ、おおよその流れはゴーレムと同じもんじゃが。触媒《しょくばい》を甲冑《かっちゅう》なんかにする事によってより滑《なめ》らかな動きをするんじゃ。あれこれいろんな仕掛けも仕込める、いわばビックリ人形じゃよ」

「へー、なんか凄そう……う！」

感心していたら突然背負子から降ろされ、俺は地面に置かれた。

「申し訳ありません。しばらく降ろさせてもらいますね」

ナイトさんがオートマトンから目を離さずに簡潔に謝ってくる。

彼女の声の端々から気合いが感じられて、俺にはこう言う以外に思い浮かばなかった。

「……うん、頼りにさせてもらいます」

「……！　任せてください！」

頼りがいのある返事をしてくれるナイトさんの背中は、これでもかというほど男気に満ち溢れていた。

ナイトさんの気配に気を取られたのか、オートマトン達も一斉に動きを止めて、彼女を見ている。

彼らに負けないほどの重装備、明らかに只者《ただもの》ではない風体《ふうてい》の彼女を見れば、人形と言えど脅威を感じて当然だ。

お互いを敵と認識して数秒、ナイトさんは一見するととても強そうなオートマトン達に何のためらいもなく言い放つ。

「申し訳ないが時間が惜しい！　押し通らせていただく！」

ナイトさんの言葉を皮切りに、オートマトン達は一斉にとんでもない勢いで飛び上がって、襲い掛かって来た。

なるほど、確かにカワズさんの言う通りオートマトンとやらはゴーレムとはまた違うらしい。関節なんかがしっかりと作られている分、動きがスムーズだ。さらにパワーを備えているとなれば、相当強いだろう。

そいつらを冷静に眺めて息を吐くフルアーマーナイトさんは、無造作《むぞうさ》に巨大なランスを構え、一薙《ひとな》ぎに振り払った。

金属同士の擦《こす》れる音が不快に響き、オートマトンが三体ほどまとめてひしゃげ、あっという間に金属のガラクタへと姿を変える。

「まだまだ！」

しかしこの程度、今のフルアーマーナイトさんには序の口だ。

続いてナイトさんは数が多い一団に向き直り、ランスを正面に構える。彼女が体を前傾《ぜんけい》させると、バックリと背中のアーマーが開いた。

すると鎧の内部に刻まれた魔法陣が青白い光を伴《ともな》って光り出し、何かが集束していくような甲高《かんだか》い音を響かせ始める。

「行きます！」

音が絶頂を迎えた。瞬間、魔法の炎が尾を引き、目がくらむ。

そして、ドン！　っという重い音が同時に弾けた。

ナイトさんは殺到していたオートマトンを一瞬ですべて蹴散らしたのだ。

鎧の背面に仕込まれたバーニアが今や魔法金属の塊《かたまり》であるナイトさんを加速させたに過ぎない。

しかしその威力は驚異的で、立ちはだかっていたオートマトンはなすすべもなくまるでボウリングのピンみたいに跳ね飛ばされたのだ。

あらゆる物を巻き込んで吹き飛ばす大質量の突進を止められる者など存在せず、ナイトさんの通った後に残った抉《えぐ》れた地面が、その威力を如実《にょじつ》に物語っていた。

「この加速……止められるものなら止めてみなさい！」

絶好調のナイトさんにカワズさんとトンボはこっそり囁《ささや》き合う。

「なんだかナイトさん、楽しそうじゃない？」

「そりゃそうじゃろ？　こんな状況、滅多にないしのぅ」

カワズさんはにんまりと気持ちの悪い顔で笑っていた。確かに俺の目にも、戦い始めたナイトさんは生き生きしているように映った。……もっともフルフェイスで顔は見えないけど。

勇猛《ゆうもう》なナイトさんの戦いぶりに呑気《のんき》に感心していたトンボとカワズさんだったが、こちらも悠長に構えている場合ではないようだ。

オートマトンの数が予想よりも多く、彼女が一度に対処出来る数には限りがある。となれば余った連中は残りのメンバーでどうにかしなければならない。

「やれやれ……わしもやらんといかんなこりゃ」

「よし！　わたしは応援する！」

「……あー、そこは戦わないんだ」

「当たり前でしょ！　適材適所！」

張り切って応援に徹《てっ》するトンボの割り切りっぷりは、見習うべきだろう。

しかし気になるのはカワズさんである。なぜに上着を脱いだカワズさん？

あんたは曲がりなりにも魔法使いのはずだろう？　だというのに、カワズさんの行為は守りを固めるどころか薄くする蛮行《ばんこう》である。

もちろんそんな事などお構いなしにオートマトンの集団は進み出たカワズさんに狙いを定めたらしい。オートマトンの一体が拳を振り上げてカワズさんに向かってきたが、カワズさんはそれを待ち受けているようだった。

「コー……ホー……」

呼吸を整え、静かに佇むカワズさん。

俺はてっきり結界を張るんだろうと思っていたのに、カワズさんにその様子はない。あわや潰れたカエルが出来上がるかというその瞬間、カワズさんは動く。

「ふん！」

「！」

カワズさんは巨大な鉄拳をすんでの所でいなし、力強く地面を踏み抜くと、ほとんどゼロ距離からオートマトンに掌打《しょうだ》を叩き込んだ。

メキリという何かがひしゃげたような音がする。と同時に衝撃が鎧を打ち抜き、オートマトンは派手に装甲を破壊されて数歩後ずさると、糸が切れたように崩れ落ちた。

「……何じゃありゃ」

俺もさすがにこれには度肝を抜かれた。

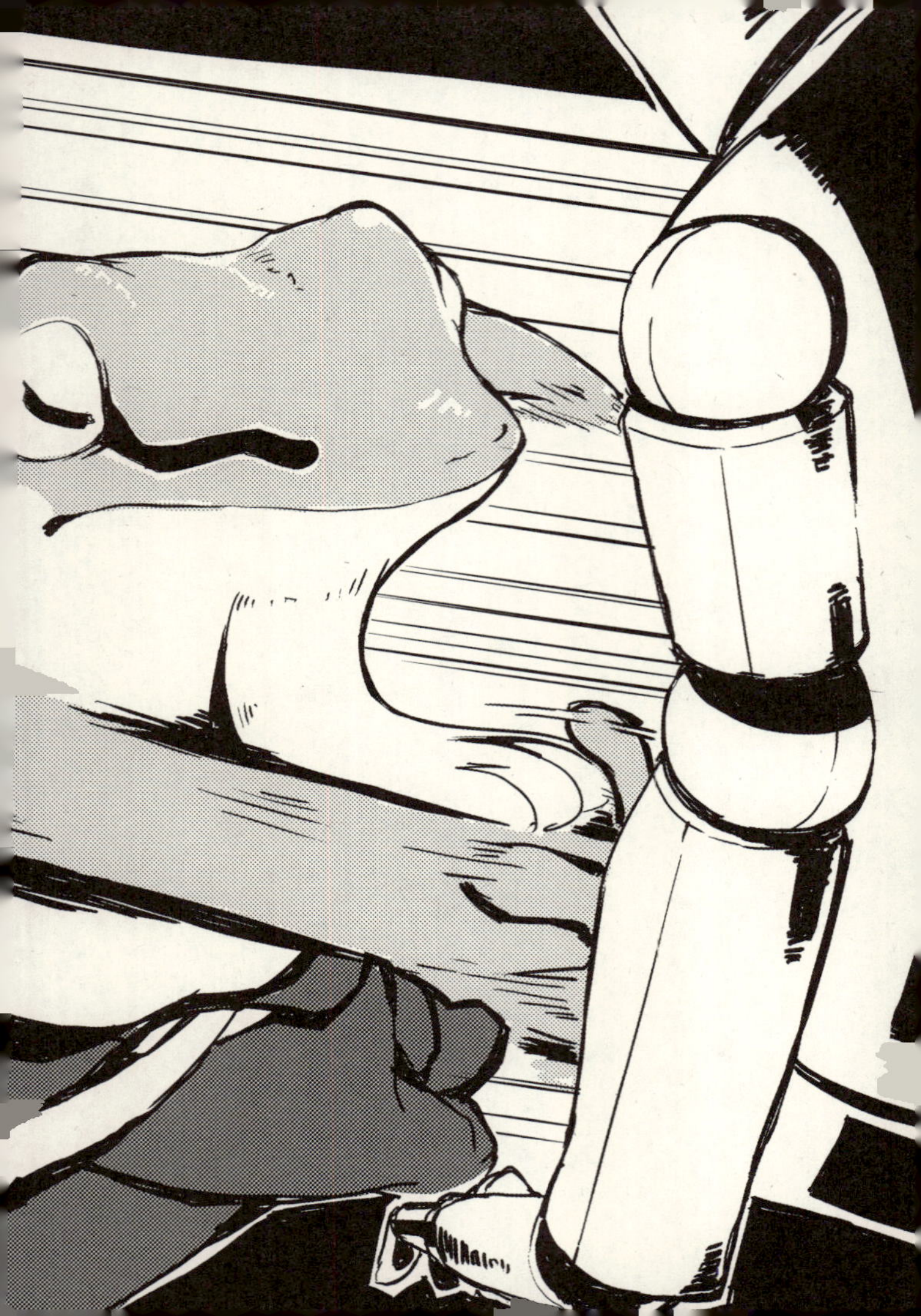

何だろうこれ？　ちょっとふざけ過ぎじゃないだろうか？

とんでもない技を披露《ひろう》した当の本人は、拳を震わせながら更《さら》なる敵を求めるように、鋭く視線を巡らせている。

「ふぉっふぉ！　さぁかかってくるがいい！　伊達《だて》に上級編をこなしておったわけではないわ！　健康体操から実践向けにアレンジは加えさせてもらったがのぅ！」

カワズさんは自らの会心の一撃に、十分すぎるほどの手ごたえを感じたらしい。

何という事だろう。いつか渡した太極拳の健康体操ＤＶＤを極めすぎてこんな事になったのか？　というか……カワズさんの凝り性《こしょう》ここに極まれりである。

「うおおお！　カワズさんかっこいい！」

「ふふん！　当然じゃろ！」

興奮するトンボの声援を受けて気をよくしたカワズさんは、オートマトン相手に掌《てのひら》を突き出し、クイっと指を立てて挑発して見せるのであった。

「おおおおおお‼」

もう数度目になる方向転換を繰り返し、ランスを繰り出すナイトさんの突撃はいささかの衰えも見せてはいない。

あの鎧は加速の最中にかかる負荷《ふか》がきっついはずである。それを意にも介さないナイトさんが異常なのだ。ナイトさんが圧倒的力技で敵を叩き潰していくのに対して、カワズさんは滑らかに相手を打倒していった。

「ほ！　は！　や！」

なんとも華麗な動きで見事に立ち回るカワズさんの動きは、円を描くように力を流していて無駄がない。

もちろんナイトさんの方が圧倒的に戦果を挙げ、その上ド派手だが、己の身一つでカンフーアクションをやっているカワズさんのインパクトもなかなかだ。

俺とトンボはそんな渦中《かちゅう》で何とかまだ無事だった。

俺は出来る限り布団に首をひっこめ外の様子を窺《うかが》う。この激しさだ、何か食らったら一撃でノックアウトなのは間違いないだろう。ただし周囲の奮闘《ふんとう》を目の当たりにすると、その心配は今のところないようだった。

「ひょほほほ！　その程度の力でわしを倒そうと言うのか！　片腹痛いわ！」

調子に乗り始めたカワズさんはそんな事を叫び始めている。相手からしてみたらかなり腹が立つだろう。

これこそがよくなかったのかもしれない。

それなりの数、オートマトンの残骸《ざんがい》が積み上がっていたそんな時に、異変は起こったのだ。

「！　何ぃ……！　ばかなぁぁぁ！」

カワズさんが気付き、叫んだ時には、すでに事態は動いていた。

突然空が赤く燃え上がり、炎の槍が降り注ぐ。神様は見ていたのか、天から落ちてきた炎の槍がカワズさん目がけて殺到し、炸裂するまでにそう時間はかからなかった。

「カワズさぁん‼」

「……ああ、調子に乗るから」

俺達の叫びもむなしく、カワズさんは悪役みたいな叫びを残して、炎の槍の群れに呑み込まれてしまったのだ。それはまさに一瞬の出来事だった。

瞬《また》く間に燃え上がった炎柱は一向に消える気配を見せない。どうやら魔法らしく、かなりの威力があるのが窺える。少なくともセーラー戦士以上……人間に限定すればトップクラスの力だ。

「この辺りでおとなしくしてもらうよ！」

響き渡った怒声《どせい》に、この場の全員が動きを止めた。襲いかかってきていたオートマトンも例外なくである。

感情がないはずのオートマトンが動きを止めるという事は、この声の主はこいつらに命令出来る立場にあるのだろう。

俺は布団の中に半ば引っ込めていた頭をひょこり出して周囲を見回してみる。どうやら声の主は上にいるらしい。魔法も声も上から飛んできたのだから道理である。

「……森が騒がしいからと来てみたら、とんでもないのがいたもんだ」

「何者だ！」

声に向かってナイトさんが鋭く叫ぶと、視界を遮るほどの木の葉が散り、真上から何かが降ってきた。

つむじ風に木の葉が巻き上げられ霧散《むさん》すると、風を起こした魔法使いがその場に着地する。

「全く……冗談じゃないね。私も暇じゃないんだが」

俺は驚いた。なぜなら出て来た魔法使いは思ったよりもずっと小柄な少女だったからだ。

大きなつばのとんがり帽子から、燃えるように鮮やかな赤い髪がのぞいている。帽子と同じ色のマントこそ羽織っているが、短パンとチューブトップの衣装の露出はかなり高い。

衣装がすべて黒で統一してあるためか、ツインテールの赤い髪とそれ以上に鋭く赤い瞳がいっそう際立《きわだ》っていて、なんとも勝気そうな印象だった。

……彼女をあえて一言で形容する言葉があるとしたら——魔女。

いや、ちびっこなので魔女っ娘《こ》と言った方が正しいか。

この間、魔法少女ネタはやったのだけれども、彼女もばっちり似合っているのだから仕方がない。

彼女は腕を組み、俺達に向かって鼻を鳴らすと、威圧するような鋭い表情で睨《にら》みつけてきた。

「何とも偉そうな物言いだね！　人の土地に無断で入ってきたクセに！　そっちこそ何者だ！」

威勢の良い彼女の主張は実に真っ当で、ナイトさんは一度ランスを収めて敵対の意思を引っ込める。

「……これは申し訳ありません。あなたは話が出来そうですね。この森に魔法使いの病気に詳しいお医者様がいると聞きました。何か心当たりはないでしょうか？」

「ああん？　知らないね！　聞きたいなら力ずくで聞いてみるかい？」

「……いいのですか？　私としてはそっちの方が好みですが」

「ふん……何だかごっつい鎧を着ているようだが。そんな程度で勝った気になっているのかい！　かわいいもんだ！　こいつらの修理代、あんたの鎧を売りさばいて補填《ほてん》してやろうかね！」

魔女っ娘はどこからともなく錫杖《しゃくじょう》みたいな金属製の杖を取り出すと、曲芸のように振り回して、ナイトさんに突き付けた。

ナイトさんも引くつもりはないようだ。実力差とかは全くわからないが、険悪《けんあく》なムードだという事だけは俺にもわかる。

睨み合いの中、緊張感が高まっていき、手に汗握る空気が漂う。だが、ここでトンボが焦り気味に手を挙げた。

「えぇ～……いやちょいまち！　カワズさんが燃えてる！」

ああ確かに、カワズさんが燃えている。火柱は、それはもう盛大なものだ。

「……いや、そんな雰囲気じゃなかっただろ？」

「雰囲気とか関係ないでしょ！　アレはさすがに助けないと！」

そう言って未だに消えていない炎を指差すトンボである。

俺は熱でボーっとする頭で炎を眺める。確かに恐ろしく熱そうだった。ただそれ以上の心配をする気になれないだけである。俺は指差すトンボに言った。

「……まだわかってないのかいトンボちゃん。カワズさんが一体どれだけの魔法を手に入れたと思ってるんだ？」

「む？　なんかこの流れは知ってる。でも前の時はただの虚勢《きょせい》だったじゃん？」

前の時とは多分、妖精郷に初めて来た時の事だ。あの時はカワズさんについて知るために、妖精郷の女王様にけしかけたら、意外とカワズさんが弱かったんだったか。

かろうじて女王様に一泡《ひとあわ》吹かせたものの、あれは実質ギリギリの勝負だった。

ふむ、ちょっと懐《なつ》かしいけど、あの時とはすでに事情が違う。

「まぁそうなんだけど……カワズさん、そろそろ出てきなよ。トンボが心配してる」

「ふむ……もうちょいタイミングを見計《みはか》らいたかったんじゃが」

あっさりと返事をしたと思ったら、とたんに炎は消えた。正確には消えたのではなく、一か所に集まって凝縮《ぎょうしゅく》したらしい。

それは蛙の掌の上。逆巻《さかま》く炎は電球ほどの大きさまで纏《まと》まると、今度こそパッと掻き消えてしまった。

俺は当たり前のようにその光景を眺めていたが、周囲の視線には思いのほか驚きの色が強いように感じる。しかし俺から言わせればこのくらいは当然である。あの蛙が一体どれほど俺に魔法をダウンロードさせていると思っているのか？　カワズさんは俺を介して数多《あまた》の魔法を習得している。中には今までこの世界に存在していなかった魔法すらあるだろう。その習得数は、世の魔法使いの比ではないはずである。

その中にはもちろん強固な結界の数々も存在する。俺などは軽々しくお守り感覚で色んな結界を使っているが、そもそも結界の魔法など極《ご》まれに残っている程度で、個人的に使っている魔法使いなど皆無に等しいだろう。

そんなカワズさんがあの程度の魔法でどうこうなるはずがない。カワズさんは炎から出てくるなり、なぜだかすごく嫌そうに少女を見て、うんざりとした口調で呟いた。

「お前さんもケチくさい事言うなよ。どうせ戦わせるつもりで作ったもんじゃろうが」

その台詞は静まりかえっていたこの場に必要以上によく響いた。

「……なんだお前は？　不細工《ぶさいく》な面《つら》だねぇ」

「うっさいわ！　泣くぞ！」

「好きなだけゲロゲロ言ってりゃいいだろうが！　気持ち悪い」

「そこまで言うか！」

　カワズさんに気が付いた魔女っ娘はナイトさんから視線だけをずらして確認する。しかしそんな場の空気なんて一切関係なくカワズさんはさらに毒づく。

「はぁ……相変《あいか》わらず若づくりしおって、このババアめ……」

「ああん？　わたしゃ見ず知らずの亜人の蛙にババア呼ばわりされる筋合《すじあ》いはないよ！　全くなんなんだ！　いや待て……んん？　あんたは？　……ん!?」

　ところが不意に何かに気が付いたらしい魔女っ娘は、今度はナイトさんをほぼ無視してカワズさんの方に寄って行く。

　何をするのかと思っていると、そのまま至近距離まで近づき、不可解《ふかかい》そうにじっとカワズさんを見つめていた。その視線に怯《ひる》んで、カワズさんは一歩引いて顔を逸らす。どことなくきまりが悪そうだ。

「……ぐっ」

「その雰囲気、その声……どこかで覚えがあるねぇ。それにこの魔力の感じは……あんたまさか！　＊＊＊のくそじじいかい!?」

カワズさんの肩を掴んだ魔女っ娘は、驚きながら、しかしどこか嬉しそうに叫んだ。

肝心のカワズさんは本当に嫌そうに、しばし口を尖らせたまま黙り込んでいたが、ついに観念したのか自分でそれを肯定した。

「………そうじゃよ」

そう言ったとたん、魔女っ娘はカワズさんを指差して大爆笑した。

「あはははははは！　死んだと聞いていたんだが！　何だってこんな面白い事に！」

「ぐぅ……！　笑い過ぎじゃ！　クソ！　だから来たくなかったんじゃ！」

カワズさんは額に手を当てて最悪の事態だと嘆《なげ》く。

先ほどまでの殺伐《さつばつ》とした空気はどこへやら。腹を抱えて大笑いする魔女っ娘とテンションだだ下がりのカワズさんに、俺達は呆気《あっけ》にとられて置いてけぼりだった。

久々の再会っぽい所申し訳ない、と思いつつ、俺は二人に声をかけた。

「ええと……？　カワズさん？　この娘は？」

「この娘なんてかわいいもんじゃないわい！　わしと十しか変わらんのだぞこのババア！　……ブロフッ！」

俺の台詞に素早く反応し、うっかり口を滑《すべ》らせたカワズさんに強烈なボディブローが突き刺さる。

カワズさんは当然の結果として体をくの字に曲《ま》げて悶絶《もんぜつ》していたが、先の発言は俺にとっても衝撃だった。

カワズさんと十しか違わないって……どれだけ若作りだって話である。

魔女っ娘改め魔女でいい。それが事実だとしたら魔女の称号は完全に彼女の物だ。

「女の歳をばらすもんじゃないよ、このガマ蛙」

氷のように冷たい表情で、地に這《は》いつくばるカワズさんを見下ろす彼女はますます魔女っぽい。

カワズさんはよろめきながら身を起こし、顔を真っ赤にして抗議する。

「ぬぐぅ。このクソババアめぇ……。だからってボディブローは止めろ！　カエルの内臓は人間以上にデリケートなんじゃぞ！」

「ふん！　知るか！　だいたいあんたはここに何しに来たんだい⁉」

「そ、そうじゃった！　実はこいつを診てもらいたいんじゃよ……」

「……」

さっそく本題とばかりに簀巻きのまま差し出される俺。

転がる俺を見た魔女さんは面倒臭そうにしゃがみこみ、訝《いぶか》しげに俺を眺めて言った。

「……なんとも、見た目と中身のギャップの激しい子だねぇ」

「……すんません、お手数かけます」

魔女さんはさっそく俺の顔を確認して眉を顰める。

そして何かに納得して頷くと、俺の額に張ってある札をポンと撫《な》でた。

「……ははん。なるほどねぇ」

さすがカワズさんが一目置くだけの事はあるらしく、パッと見ただけでだいたいの事情を察したらしい。魔女さんはカワズさんに再び向き直り、とてもいい笑顔できっぱり告げた。

「嫌だね」

「はぁ!? なんでじゃ！」

驚くカワズさんを魔女さんはハッと笑い飛ばす。

その動作は様になりすぎていて、外見は幼いのに貫録《かんろく》すら窺わせた。

「はぁ？　私が無償《むしょう》で治療をするような安《やす》い女じゃないと知らないわけじゃないだろう？」

ニヤニヤ笑いの絶《た》えない彼女を前に、カワズさんは呻いて歯ぎしりする。

「むむ……何が望みじゃ？」

それでも粘《ねば》り強く交渉してくれるカワズさんには感謝だが、魔女さんはカワズさんの申し出に少しだけ考えたそぶりを見せてから、クスリと笑うとこう言ったのだ。

「とりあえず……お前さん、私に頼め」

「た、頼んでおるじゃろう？」

心底わけがわからないという顔のカワズさんだったが、魔女さんはそんなカワズさんにわかっていないと指を振る。

「ただ頼むだけでいいわけないだろう？　私を敬い、心を込めて、私に対する感謝をこれでもかと詰め込んで、褒め称《たた》えろと言っているんだ！」

そしてご機嫌に振っていた指をものすごく楽しそうにカワズさんに突き付ける。その指の先ではカワズさんが顔を引きつらせていた。

「……相変わらず趣味が悪いのぅ」

「何か言ったか？」

しばし熟考。危機を回避すべく考えを巡らせていたカワズさんだった。とうとう悔しげに諦めた。

「いいえ、やらせていただきますとも！　この世に並ぶものがない美貌《びぼう》と英知を極めし大魔女＊＊＊＊＊よ！　貴女のお美しく広い御心を持って、その大いなる慈悲《じひ》をこの者にお与えくださいますよう。この願い、どうかお聞き届けくださいませんでしょうか！」

ずいぶんと大仰《おおぎょう》に、しかしどこかやけっぱち気味にそう言ったカワズさんの台詞は、予想以上に効果てきめんだったようである。

聞いていた魔女さんはポカンとした後、今度は心底胡散臭そうな表情を浮かべた。

「やっぱりお前……あいつじゃないのか？　あいつがこんなに素直なわけがない」

「喧嘩売っとるのかお前は！」

頭から湯気を出すカワズさん。確かにあんまりと言えばあんまりである。

自分でもそう思ったのか、魔女さんも頬《ほお》をポリポリと掻きながら、ちょっとだけきまりが悪そうだった。

「えーいやなぁ……そんなあっさり言う事を聞くとは思わなかったから。お前もずいぶんと安くなったなぁ……」

「それだけ非常事態だという事じゃろうが！　わからんお前じゃあるまいに！」

「……」

興奮してカワズさんがパンパンと人の頭をカスタネットみたいに叩く。目の前の俺の札がぴらぴら揺れた。

魔女さんはそんなカワズさんと俺を交互に見比べてから、やれやれと苦笑していた。

「ふむ。相変わらずだ。まぁ、わかってはいるよ？　ちょっとしたお茶目だろうに。治療はちゃんとしてやる。そら早く私の家に……」

「くしゅん！」

「あ、しまった」

くしゃみの瞬間、額の札が弾け飛ぶ。

ついつい二人の会話に意識を集中しすぎて、俺の事を気にしていなかったトンボのうっかり声が響くと、カワズさんとナイトさんがぎくりと固まった。

チュボン！

空から妙なものが落っこちてきて、間髪《かんはつ》を容《い》れず遥か遠くで土煙《つちけむり》が上がる。

衝撃でここまで地面が震えて、思わず俺の顎《あご》も落ちた。

「……あちゃぁ」

俺は空を仰《あお》ぐ。

どうやら……空から隕石が落っこちて来たらしい。驚いていない者などここには存在しなかったが、魔女さんも顔を引きつらせて呟いていた。

「……確かに、ちょっと急いだ方がいいかもだね」

「だからそう言っとるだろうが！」

「ほんとすんません……」

俺は鼻水をすすり上げながら、とにかく謝るしかなかった。

ここが人里離れた場所で本当によかった。

◇◆◇◆◇

怪しい森の奥には大きな湿地帯が広がっていて、いくつもある沼のそばに石造りの塔が建《た》っている。

そこまでは別に問題ない。どんな場所に住んでいようがそんなの住人の勝手だろう。

ただ、案内された場所が俺だけ窓のない石の壁の実験室だったから、不安が止まらないだけだ。

緊張を紛らわせるため、俺は調子が悪いながらも魔女さんに話しかける。

「魔女さん魔女さん……」

「なんだい？　その魔女さんってのは？」

「……ああ、ええっとカワズさんが翻訳の魔法に失敗して、人の名前を覚えられない体にされていまして」

「ぶふっ！　そうなんだ……ククッ！　あのジジイの魔法は構成が甘いからねぇ。でもなんで名前だけなんだ？」

「……こっちが聞きたいです。カワズさん曰く名前は特別難解《なんかい》だとかなんとか、名前さえあればかけられる呪いもあるんだぞとか、なぜか偉そうに言ってました」

「ふーん。言ってる事は間違っちゃいないけど……所詮は言い訳だろうね、見苦しい。でもそれにしても魔女さんはないね。女の子の呼び名なら、もうちょっとかわいいのにしてもらわないと」

なんだかマオちゃんみたいな事を言い出した魔女さんだが、かわいいのとか言われても、俺としてはなかなかハードルが高いわけで。思案の果てに辿り着いた「かわいい」あだ名を俺は自信がないなりに呟いた。

「……マジョリンとか?」

「マジョリン! マジョリンかぁ……」

付けられたあだ名を何度か反芻《はんすう》して、魔女さんは赤くなる。

「ゴメン、それはないわ。それならやっぱ魔女さんでいい」

「……それが賢明だと思います」

どうやら彼女的にもこのあだ名はなかったようだ。って……今は名前の話なんてどうでもいい。それよりも、もっと気になる事があるってものだろう。

多少会話したくらいで緊張がほぐれない原因は、やはり場所だけではなくこの状況そのものにある。

俺はやっと布団から解放されたと思ったら、今度は寝台にベルトでぐるぐる巻きにされてしまっている。布団で包まれるよりもだんぜん怖い。これから何をされるのか全く分からない状況は、ものすごく心臓に悪い。

「……今日はこんなんばっかりだ」

「病人は医者の言う事を聞いてりゃいいんだ。黙って縛られてな」

傍《かたわ》らに腰かけている魔女さんにぺちぺちと頬を叩かれる。その表情は恐ろしく邪悪でまさしく魔女の微笑みだった。

抵抗しようにも、現状なす術《すべ》は皆無で、助けを求める事も出来ない。

残りのメンバーは別の部屋で待たされているらしいし。俺が隔離《かくり》されるのをナイトさんは最後まで渋っていたと聞いたが、カワズさんの一言で結局言う通りにしたようだ。

つまり無防備な俺は、この密室で魔女さんと二人っきりというわけだ。

何というか、不安しかないが……こっちも急な事で無茶を言っている。魔女さんの信頼を勝ち取るためには仕方がないのだろう。たぶん。

「さて、だが治療といっても、深刻な病気じゃないんだよ。要は慣れない事やって筋肉が痙攣《けいれん》してるみたいなもんだ。ちょいと時間はかかるが、放っておけば治る程度さ」

「……らしいですね」

「ああ、わかってたのか。……そりゃそうだね。あいつがいるのにわからないわけがないか」

不意に呟いた魔女さんの様子から、カワズさんに対するある種の信頼が見て取れるのは気のせいだろうか？

案外この二人は仲がいいのかもしれないなーなんて考えていたら、ギロリと睨まれてしまった。

「……なんか今、すんごい不快な事を考えただろう？」

「……いや、別に、なぜそう思いましたか？」

「女の勘《かん》」

「……」

きっぱり言い切られてしまったが、勘だけで睨まないで欲しい。

「……まぁいい。こっちも引き受けた以上、きっちりやらせてもらうさ。じゃあ始めるか」

魔女さんはそう言うと、頃合いを見計らって立ち上がる。そのまま部屋の棚を漁《あさ》り、水晶玉のようなものを引っ張り出してきて、俺の手元に置いた。

「それじゃあ、これに手を置いて」

いちいち意味を問いただすのも何なので、素直に水晶玉に手を置くと、バチリと光が弾けて水晶が割れてしまった。魔女さんは割れた水晶をすぐに取り上げて眉を顰めた。

「……計測不能ってどんだけだ。普通じゃないとは思っていたけどねぇ」

「あの……何です？」

「魔力をちょっとね。しかし……となると――」

再び棚を物色《ぶっしょく》しに行った魔女さんが取り出したものを見て、俺は思わず呻く。

それは、薬瓶に入った紫色の毒々しい丸薬《がんやく》だったのだ。

その時点でかなり怖気《おじけ》付いてしまい、身をすくませたのに気付かれたのが運のつきだ。

魔女さんの獲物を見つけたような目は、怪しい薬よりもずっと怖い。

「そんなに怯えられると張り切っちまうねぇ……もうわかるだろうがこいつを飲んどきな。とりあえずはこれで魂は安定するはずだ」

「あ、あの……とても薬とは思えない色をしているんですけど？」

どうにか声を絞《しぼ》り出す。魔女さんはそんな俺に薬を見せつけてくる。

「こいつは魂の働きを抑制する薬だよ。魔法は一切使っていない、薬草オンリーの私特製ブレンドさ。さて……本当なら黙って飲めの一言でいい所を、なんで私がわざわざ説明してやっているかわかるかい？」

「い、いえ……」

俺はごくりと生唾を呑み込む。

すると魔女さんは俺の目の前で薬瓶を揺らし瓶から丸薬を一粒取り出す。瓶の中にあった時よりも、薬の毒々しさがいっそう増した気がした。

「なぁに、さすがの私もちょっと気の毒かと思ってねぇ。こいつの鎮静《ちんせい》作用は強力なんだ。多少の拒絶反応くらい一撃で収まるだろうさ。だが一粒飲めば、そうだねぇ……ちょっとした賢者様の出来上がりだろうさね！」

「ひぃ！」

「さぁ観念して飲みな！　世界のためだ！」

ひっひっひと薬を片手ににじり寄って来る魔女を前に、拘束された俺は身動き一つ取れない。

丸薬が鼻先までやってくると、薬とは思えない刺激臭が鼻を突いた。

「ちょま……！」

「さぁ！　ちゃっちゃと飲む！」

ガボッと口の中に薬を放りこまれ、悶絶寸前の味が口中に広がる。

「!!」

まずさのあまりもがき苦しむ。拘束されていた本当の意味がようやくわかった。どうやら、こうなる事もまた想定済みだったようである。

「……うう、ひどい」

無理矢理あんなものを口の中に突っ込むなんてあんまりだ。

しくしく泣きながらぐったりとした俺を見て、キセルで一服していた魔女さんが笑い飛ばす。

「何を大げさな。薬を飲ませただけだろうが。副作用は心配しなくても一時的なもんさ。ピークは三日目って所かね？　あとは徐々に収まっていくから安心しな。ただし二日は魔法の使用禁止。くしゃみで暴発なんて事はもうないと思うけど、自分で使う分には保証できない。体も衰弱《すいじゃく》しているのを忘れるな」

普通に診断されてしまった。こうなるともう単に医者に行ったのと違いはない。心なしか体の具合も良くなっている気がするし、なんだか怪しいとか思ってすみませんでしたと俺は胸中で謝っておいた。

「はぁ……魔女さんって、魔法使いなんですよね？　何だってこんなの常備しているんですか？　ずいぶん特殊な薬っぽかったですけど？」

「んん？　あいつから聞いてないのかい？　魔法使いが薬を扱うのは割とある事さ。あのジジイも、変な薬を作ってなかったかい？」

そのまま質問で返されたが、そう言えばカワズさんも変な壺《つぼ》を時々かき混ぜていたような気がする。

「ああそう言えば、シャンプーとかリンスとか？」

「……それはどうなんだろう？　まぁいいけど。私の研究テーマは不老。医術はその副産物だよ。人間の体を調べているからこそ、今、この完璧な美貌を保てているってもんだからね」

自分の頬をうっとりしながら撫でる魔女さんだが、その台詞は語弊《ごへい》があるんじゃないだろうか？

魔女さんの見た目はどう見たって十代前半だ。未成熟と言う言葉がぴったりくるのだから、決して完璧ではないと思う。

「完璧っすか？」

俺は思わず声に出すと、ジロリと睨まれてしまった。

「そうだわよ？　完璧じゃないか！　疑問を挟む余地もないね！　そう思わないなら、あんたと私の美的感覚は相容《あいい》れないんだろうよ！」

そう主張する魔女さんは揺るぎなかった。

「そ、そうなんですか？」

「そうだよ？　このボディを手に入れるために私は、魔法はもちろん、呪いや薬学、ヴァンパイアの不死性からワーウルフの生命力、果ては竜の肉体改造まで研究したんだ。これを完璧と言わずして何て言うんだい？　幻術や見せかけじゃない、肉体を十代で留《とど》める完全な若返りと肉体保存。不老は全女性の夢だろう？　私はその野望をほぼこの手に収めていると言っていい！」

「……」

一気に言い切った後、恍惚《こうこつ》とする魔女さんに、思わずうわーっとなる。

どうりであのカワズさんと縁が深くなるはずである。

やばいな、本気で危険を感じてしまった。この事に関して物申《ものもう》すなど、それこそ自殺行為だと俺は悟った。

「まぁそういうわけだから、薬の効き目だけは保証してやるよ。この森に住んでいるのもいい薬草が採《と》れるからなんだ」

「はぁ……ありがとうございます」

治療の過程はこの際目を瞑《つむ》るとして、あのままくしゃみの度にとんでも効果が出るよりは遥かにマシなので、素直に頷いておく。ようやく満足げな顔をした魔女さんは、よしよしと俺の頭をポンポンと叩く。

「わかればいいんだ。いい子だね。それより私は、あんたに聞いておきたい事があるんだ」

だけど一転して魔女さんの目がかなり真剣なものに変わっていた。

ついさっきまで怖いくらいの熱で語っていたのとはまた違う緊張感に俺も身構える。

「……何です？」

俺も首だけ魔女さんの方に向ける。

魔女さんは、キセルの煙をいっそう深く吸い込み、時間をかけて吐き出す。

蛇のように長く伸びた紫煙《しえん》を目で追って間を測ると、彼女は苦々《にがにが》しげにこう切り出した。

「はぁ……そうさなぁ。あんたはあいつが喚んだのかい？」

一瞬意味がわからなかった。ただ冷静に考えてみると「喚んだ」の意味で思い当たるのは一つしかない。

俺は頷いた。

「そうですよ。召喚ってやつです」

それを聞いた途端、そうかと肩を落とす魔女さんはどこか寂《さび》しげだった。

「……そういう事をする奴じゃなかったんだけどね。もうろくして焼きが回ったか？」

「ええ、まさにその通りですが？」

「ハハ、そうなのかい？　その様子じゃ、あんたは何で自分があいつに喚び出されたのか知っているみたいだね？」

「あー……残念ながら」

「そうかい……」

どこか遠くを見ながら魔女さんは深くため息をついて、キセルから灰を落とす。

これは……魔女さんの中でカワズさんが株を落としているらしい。

あの様子だと、カワズさんが自分から名誉を回復しようとする事はないだろう。俺を召喚した経緯に関してカワズさんをフォローするのは甚《はなは》だ不本意だったが、俺は口を出していた。

「魔法を……残したくてやったらしいです。死に際の悪あがきだったみたいですけど」

俺の言葉に、魔女さんは眉を顰める。

「はぁ？　あいつは生きているだろうに？　どういうわけか蛙だったけどさ」

「あれは俺が生き返らせたんですよ、蛙だけに」

俺はあえておどけて言ってみた。

少しはこのギスギスした空気を和ませようとしたのだが、俺の言葉を聞いた瞬間、魔女さんは立ち上がる。そして動けない俺に歩み寄ると、血相を変えてがっちり胸ぐらを掴み上げた。

「……！　お前！　死者を蘇《よみが》えらせたって言うのか！」

「まぁ……そうです」

「ふざけている！　ひょっとして……あいつが残そうとした魔法はそれか？」

「違いますよ」

俺が答えるたびに、締め上げる力が弱くなってゆく。どこか戸惑っている様子の魔女さんの言葉を、俺はさらに否定する。

そんなもんじゃない。

カワズさんが残そうとしたのは、もっととんでもない魔法だ。

「なら何だ？　……あいつは何の魔法を残そうとした？」

葛藤《かっとう》がなかったわけではないが、魔力がばれている以上、恩人に隠しておく気もない。

「魔法創造。魔法を創る魔法です」

だから俺は告げた。

俺の漠然とした言葉だけで意味を理解したのか、それとも元から知っていたのか、魔女さんは俺から手を放し、ふらふらと力なくよろめいて椅子に座り込む。

「そうか……あいつ、完成させていたのか」

魔女さんが俯《うつむ》いて呟いた言葉は、俺の耳にも届いた。

魔女さんはその後、しばらく呆然としたまま黙り込んでいたのだが、突然ゆっくりと立ち上がり、再び俺の目の前までふらふらとやってきた。

しかし、さっきまでのどこか楽しそうな様子ではない。

完全に無表情で俺を見下ろし、感情が抜け落ちてしまったように彼女は立っていた。

その手には驚くほど巨大な魔力が集約している。このまま魔法陣を編み上げれば、すぐにでも攻撃魔法が俺を襲う、その一歩手前だと今の俺でもすぐ理解出来た。魔法が使えない今、結界も張っていないので、死ぬのはまぬがれない。

「……悪いが、お前を殺す」

「はい？」

反射的に聞き返してしまったが、どう見ても冗談ではなさそうだった。

「お前は生きていてはいけない。それだけの魔力と、魔法創造が揃うなどあってはいけない。それは……人間の分《ぶ》を超えた力だ」

「……」

そしてその言葉は、いつか誰かから言われるだろうと思っていた言葉でもあった。

その台詞を聞いた瞬間、俺の心の中には思っていた以上にいろんな考えが浮かんできた。

俺自身、もっと開き直っているものだとばかり思っていたが、そうでもなかったようだ。

ふざけるなっとも思ったし、やめてくれとも思った。

高ぶった感情もあれば、むしろ逆に冷めた感情もある。

思考が混線《こんせん》して脱線して、結局落ち着いたのは――たぶん心からもっとも遠いところにある、ずいぶんと静かな気持ちだった。

「はぁ……俺もそれがいいかなと思いますけどね」

自分でも意外すぎる台詞が口から零《こぼ》れると、魔女さんは不思議そうに俺を見た。

留めた魔力で魔法を完成させるでもなく、ただ疑問を解消するために口を開く。

「……なんだ？　やけに諦めがいいじゃないか？　命が惜しくないのかい？」

「まさか！　惜しいし、超怖いし、死にたくないですよ？」

「ならなぜだ？」

それはなぜか？　今の俺にはとても難しい問題だったが、答えはとてもシンプルだ。

「……納得は出来ないけど、理解は出来るからですかね？　それに今は完全に無防備だし、どうしようもない。でも、どうせ死ぬなら痛くない方がいいです。魔女さんみたいな人ならそんな方法も可能でしょう？」

全て偽《いつわ》らざる本音だ。命が惜しいというのも、もうここらでやめておいた方がいいんじゃないかという気持ちも、どちらも俺の中にあった。

ただ飛び出したのがその台詞だっただけ。肝心の聞き手の下した判決は、俺にとっては歓迎すべきものだった。

魔女さんは手から魔力を霧散させると、再び椅子に倒れ込むように腰を下ろした。

「はぁ……ハハハ。全くあいつは何を考えているんだ？　昔から魔法バカだったが……いつの間にか本当の馬鹿になり下がったのか？」

「……ひょっとして俺、命拾いしました？」

一向に殺されない状況に、ドキドキしながら尋ねると、魔女さんは特大のため息で返事をする。

「……なに、あのバカの尻拭《しりぬぐ》いを私がやる必要性に疑問が湧いただけさ」

すでに気が抜けてしまったらしく、これ以上ないほど面倒臭そうに言う魔女さん。どうやら見逃してくれたようである。

九死に一生を得たわけだが、魔女さんの言葉には非常に納得してしまった。

「そりゃあ……すごくよくわかる」

カワズさんのせいで殺されそうになった。そう思うと、さっきまでのあきらめムードが、一気に消えていくから不思議だった。

「……そうだねぇ。考えてみればお前さんも被害者か。他所の世界から連れてこられた時点で、とばっちりもいい所だろうよ。その上一方的に殺されるなんざ理不尽すぎる話だろうさ」

少しだけ憐《あわ》れむようなセリフをいただいたが、実際はそこまででもない。

「あー、いや、楽しくない事もないですよ？」

むしろ最近自分から色々やらかしてしまっている手前、積極的に被害者を名乗る気にもならない。

そんな台詞に魔女さんも俺の非常識さを思い出したらしく、それもそうかと呆れ交じりに鼻を鳴らしていた。

「そりゃそうだね。魔法創造か……あんな魔法を手に入れたんなら、不便ばかりじゃないか。だが異世界人召喚なんてのはろくでもない魔法の中でも最たるもんだ。よりにもよって他所の世界の人間に自分達の問題を肩代わりしてもらおうってんだからね。魔法の使い道なんてのは、いつの時代も殺伐《さつばつ》としすぎなんだよ。あんたもそれなりに被害者面していたって許されるくらいにはね。私はそれに嫌気がさして、こんなところで世捨《よす》て人をやっている。でもそんな連中の中でもあのジジイは……自分が愚《おろ》か者だって事を弁えていただけまだマシな方だったんだ。どこまでも愚直《ぐちょく》で、魔法なんてあやふやなものに対しても誠実だったよ。その点だけは認めてやってもよかった」

魔女さんの口から漏れた愚痴のような話は、最終的に昔語《むかしがた》りになっていた。

　他人の口からカワズさんの評価を聞くのはひどく新鮮だったりする。何より目の前の魔女さんからそれを聞けたのがなんだか意外で、俺はいつの間にか笑っていた。

「……やっぱり仲が良かったりとかします？」

「まさか！　間違いなく悪い部類だろうさ！　ただ同じようにでかい魔力を持っていて、同じ国にいて、魔法なんてものをかじってりゃ……まぁ嫌でも顔を合わせるってだけの事さ。友人って言うほど近くもなければ、他人と言うほど遠くもない……」

　すげなく魔女さんはそれを否定していたが、それなりに深い縁があるのは本人も認めているらしい。

「カワズさんは天才ですけどバカですからね……」

　俺もいつものカワズさんを思い出してしみじみと呟く。それには魔女さんも同意見らしく、すぐに頷いていた。

「そうだよ。その上で何に対しても融通《ゆうずう》がきかない。思いついたら魔王でも殺しに行くような馬鹿だ。お前さんにもずいぶんと迷惑をかけているんじゃないか？」

　聞き捨てならない事もさらっと言われた気がしたが、質問を投げかける時の魔女さんは苦々しげだが妙に楽しそうでもあった。彼女もまた、生前のカワズさんに振り回されたクチなのかもしれないと思うと、なんだかちょっと親近感がわいた。俺もカワズさんには振り回されているが、いくらか意趣返《いしゅがえ》しはさせてもらっている。

「まぁそこそこに。でもこっちに来てからやり返しているんで問題ないです」

「はは！　じゃあ今の倍くらいやってやりな！　それでもお釣りがくるくらいだ！」

俺の返答は、どうやら魔女さんのお気に召したらしい。

彼女はこれまでで一番愉快そうに意地の悪い笑みを浮かべ、俺の頭をくしゃくしゃに撫でる。

「よし！　お前！　なかなか見込みがあるよ！　せっかくだから美肌の魔法を一つおよこし。それで今回の御代はチャラにしてやる！　今すぐにとは言わんから、このまましばらく休んでいきな！」

「ええ、まぁ……ありがとうございます」

調子を取り戻した瞬間にどさくさに紛れてそんな要求もされたが、逆《さか》らうつもりはない。

そろそろ本格的に薬も効いてきて、俺は眠りの中に落ちていった。

◇◆◇◆◇

ふと目が覚めると、どうやらどこかの部屋の中のようだった。

そこはとても静かで、誰かが窓際で本を読んでいる。

明かりをつけずとも文字が読めるほどにその日の晩は月が輝いていて、部屋の中もずいぶん綺麗に照らし出されていた。

目を凝らすと、俺が起きた事に気が付いて、本から顔を上げた人物はカワズさんだった。

「なんじゃ起きたのか、調子はどうじゃ？」

「あー、まだ頭がボーっとする」

「……ならもうチョイ寝とけ、世界が滅ぶ」

さらっと辛辣《しんらつ》な事を言うカワズさんだったが、その通りなので笑えない。

「……みんなは？」

「あいつはもう寝た。お前さんの騎士《ナイト》は塔の玄関に張り付いとるな。トンボは……ほらそこに」

「……むにゃ。もう食べられないよ」

「なんてベタな……」

椅子の上で涎《よだれ》を垂らすトンボの寝顔を見て、思わず俺の顔には笑みが浮かぶ。

彼女の傍らには水で濡らした布が置いてある。どうやら看病してくれていたらしい。

もっとも手にはしっかりハリセンも握られていて、むしろそっちの方がきつく握りしめられていたが……そこはご愛嬌《あいきょう》というやつだろう。

「まだあと一日くらいは安静にしとくのがええらしいぞ。魔法は使用禁止じゃと」

「……ああ、わかってる」

「ふむ」

背中の辺りに寒気がないのは熱が引いたからだろう。ただまだ体力は戻っていないらしく、気だるさが残っていた。

さすが魔女さん、あのカワズさんが一目置くだけあって、腕も薬の効き目も大したものだ。

起きたばかりという事もあって、俺はその頼りない感覚をぼんやりと口に出す。それは話しかけるというよりも、ただのうわ言のようなものだった。

「なんかふわふわしてて、夢の中を散歩してるみたいだよ」

「ならいつもと……同じじゃろ?」

何気なく言われた台詞だが、ニュアンスがいつもの馬鹿にした感じではないのが気になって、俺は問い返した。

「……そうかな?」

「ああ。お前さんの魔法は夢なのか現実なのかよくわからんものが多いからのぅ」

まぁ俺が使う魔法といったら、現実的と言うよりは夢に近い代物が多い気はする。

自覚してやっていた節はあったが、改めて指摘されるとなんとなく変な感じだ。

「あー、そうかもしれない。そのくせ、どっかで誰かの顔色窺っちゃうんだよねー」

「そりゃあお前さんが小心者か、現実的かのどっちかじゃろ?　だが間違っちゃおらん。

魔法を扱う以上美学がないといかん。どんなに非常識な魔法が使えようと、お前さんがおる所はいつも現実じゃ。わざわざ自分で居心地を悪くする必要もあるまいよ」

「だろうね……だけど――」

どこか夢の続きのように感じている俺がいる。そう頭によぎった事で、俺は思わず黙ってしまった。

――そうじゃない。この世界で起こった事は夢のようだが、夢じゃないと俺はしっかり実感し始めている。

たぶん俺は……。

「……ねぇ？」

「んん？　なんじゃね？」

「ちょっと弱音吐いていい？」

ぼそりと言ったそれ自体が、もうすでに立派な弱音だったと思う。

「……今は夜じゃからな。寝言の一つも聞こえよう」

そう言ってくれたカワズさんに感謝して、俺は震える声を自覚しながら言った。

「……俺さ、結構ビビってるんだよね」

無意識のうちに夢の続きだと思っていた世界が――。

「出来る事に際限がないのがうれしい以上に怖いんだよ。でも元の世界にも帰れない」

――時間をかけて出会った住人達と触れ合う事で、確固たる現実になっていく――。

「試せば試すほど、めちゃくちゃだってわかるんだ」

――それは夢を現実に変えて、俺を取り込み――。

「これじゃあまるで手足の生えた核弾頭《かくだんとう》じゃないか？　下手したらそれよりタチが悪いかもしれない。怖いんだ」

――より異質な自身を明確に浮かび上がらせている。

「それなのに俺を誰も止められないってのが……すごく不安なんだよね」

そしてそれは、自身の否定に繋がっていく。

魔法という奇跡の力で、何でも出来る危険な自分。好き勝手している一方で、何か取り返しのつかない事をしているんじゃないのか？

一歩間違って取り返しがつかなくなってしまう危険があるのなら、その一歩を踏み出すべきではないのではないか？

膨らんだ不安はどこまでも大きくなっていくが、カワズさんは俺の弱音をずいぶんとあっさり否定してくれた。

「そんな事ないじゃろ？」

「……そうかな？」

「つうか、アホじゃな。なんじゃその悩み、うらやましいわ」

そこまでバッサリ言われて、なんだか恥ずかしくなってきた。

「う……。仕方ないだろ？　俺は宝くじが当たっても、喜ぶより先にビクつくタイプの人間なんだから」

「例えはようわからんが……。心配せずともお前さんは自分の力で止まれる。人の顔色を窺っておるんじゃろう？」

戸惑う俺にきっぱりと言い切った割には、俺をわかっているのかわかっていないのか、微妙な言い方に聞こえる。

まぁ、確かに俺はチキンでヘタレだけれども。

「でも俺は……」

そして言葉を重《かさ》ねようとした俺を、カワズさんは少しだけ強引に遮った。

「出来る事が多くなっても本質はそうそう変わらんさ。結局の所、何が出来ようと誰に止められようと、実行するかしないかは自分が決めるしかないんじゃから」

それはたぶん当たり前の事なんだろう。いかに抑止力があろうと、結局最後の砦は自分自身に他ならない。

「だけど俺は……神様みたいにはいかないしさ」

しかしマオちゃんから神様などと例えられたこの力を、はたして俺は常に正しく使えているのか？　そんな疑問を含んだ俺の言葉は、カワズさんに心底バカバカしいと切って捨てられてしまった。

「ふん。馬鹿じゃなぁお前さんは。そんなもの当たり前じゃろが。お前さんは人間じゃよ。神になんぞなる必要もない。優しくされれば喜ぶ、冷たくされれば怒る、虐《しいた》げられれば哀しくなる、共に笑えば楽しくなる。それがごく普通の人間じゃろ？　助けを請《こ》われれば助けたくなるし、傷つけられれば怒りも湧こう。じゃが、だからこそ魔法を使えるとも言える。もし完璧に公平な者がいたとしたら、そいつは誰のためにも力を使えんじゃろうよ。じゃがわしは使った方が素敵だと思っとるからな。迷ったら己の内にある良識に問え。そうすれば間違っているかなどすぐにわかるわ」

「はは、うまくいくかなぁ……」

なんともめちゃくちゃに聞こえるカワズさんの言葉に苦笑いが浮かぶ俺だったが、それでもカワズさんは断言する。

「いくさ。お主は悪人になれんよ。だからビビらずどんどん使え。望みを形にしてこそ魔法じゃ。それに人の望みを叶える事が悪であるはずがない。せっかくの常識すら意のままに捻《ね》じ曲げる奇跡の技なんじゃ。楽しく平和に過ごせるようにせにゃ損ってもんだのぅ」

「……まぁね」

「それでも間違えたと思ったら反省すりゃええ」

「……ごもっとも」

そりゃそうだ。あまりにも単純すぎて笑ってしまう結論だった。

「あんまり良い悪いを気にしすぎる必要もないと思うがな。そもそも魔法自体、理不尽なもんじゃし。だがそれが世界の道理だというのなら使わなにゃ損じゃ。もっとも、わしは魔法で大した事をする必要もないと思っとるがの」

「何だよそれ？」

「だって思わんか？　奇跡といっても大きな事をすれば幸せになれるというわけでもあるまい？　例えば……例えばじゃが世界を震撼《しんかん》させるような巨悪《きょあく》がおるとする。それを魔法を使ってうち滅ぼせば、世界中が奇跡だと信じて疑わないだろう。じゃが実際倒した本人は、自分の目の前に巨悪の死体が転がっているだけにすぎん。それが奇跡か？　逆境《ぎゃっきょう》から逆転するばかりが奇跡でもなかろうよ。それよりもわしは道でいい物を拾ったり、気の合う友人を偶然見つけたりするような、そんな奇跡の方が好きなんじゃ。その点で言うならお前さんの魔法は実に良い。バカバカしくて夢がある。人が夢見てこそ、魔法にも価値が生まれるという物だ」

カワズさんに言われて、俺自身難しく考えすぎていたのかなという気分になった。よりにもよって魔法を理屈で考える方がおかしい。理屈で割り切れないから魔法なんだろう。

「それって褒めてる？」

俺は照れ隠しで聞き返す。

「もちろん。……わしがとやかく言えた事でもないんじゃがな」

カワズさんが何を思って最後にそう付け加えたのかはわからないが、俺としてはこれ以上望むべくもない。しゃべりすぎたせいかそろそろ瞼の重みも増してきて、心地のいい疲労感が眠気を後押ししてくる。

微睡《まどろ》みに呑まれそうになりながら、俺はカワズさんの言葉を聞く。

「まぁ……今は大人しくしとけ。とりあえずそこにいるトンボも、ナイトさんもお前さんの回復を願っとる。それだけでもお前さんの小さい悩みよりは、いくらか価値がありそうだのぅ」

「かもね。ははは、こうまでカワズさんに慰《なぐさ》められるとは……やっぱ調子悪いわ俺。少し寝る」

「おう、寝ろ寝ろ」

「うん。……一応感謝はしておくぜ？」

「は！　やめんか気持ちの悪い！　ジジイが寝言を聞いて戯言《たわごと》をほざいただけじゃ、感謝の必要なんぞないわい」

そっけなく言ったカワズさんはその場から動く気配もない。

眠りに落ちる直前、布団の中から見たカワズさんは本を読んでいた。

こちらの言語で書かれた本のタイトルがちらりと見えた。

リベルの書。

これもカワズさんの秘密の一つなんだろうが……俺は何も言わずにゆっくりと目を閉じた。

4

悪魔。

思い悩む我々の隣でいつも優しく囁き、甘美《かんび》な罠に誘い込む自らの心、なんて比喩《ひゆ》もできるだろう。

だが……もし本当に悪魔がいるとしたら？　そして、本当にあなたの望みを叶えてくれるとしたら？

あなたは何を望むだろう？

きっと何も考えずに、というわけにはいかないはずだ。

人という生き物は普通、欲を抱かずにはいられないんだから。

そう……普通なら。

これは人が欲を捨て去った時、悪魔さえも退ける事が出来るという、奇跡の記録である。

する。

◇◆◇◆◇

「ねぇ……なんかタロ、おかしくない？」

「うむ……副作用があるとは聞いておったが」

カワズさんとトンボはその信じられない光景を目の当たりにして、二人そろって目をこする。

タローが窓辺に腰を掛けている。

そして……どういうわけか小鳥と戯《たわむ》れていた。

その表情は穏やか。むしろ穏やか過ぎて気持ちが悪いくらいだった。

あのタローが一切の穢《けが》れもなく、どこか輝いてさえ見えるというのだから理解不能である。

何か魔法を使った形跡もない。もちろん、小鳥を飼い慣らしていたという話なんてカワズさんもトンボも聞いた事はない。

「アハハハ。すみません小鳥さん。今は何も持っていないのです」

小鳥達は一羽、また一羽と増えていき、タローの肩や頭に止まっていく。

本来ならば決して動物の類は近寄ってこない体質と言っていいタローに動物が群《むら》がる。

はっきり言ってこれは異常であった。

◇◆◇◆◇

「体の調子はいかがですか？」

今日も様子を見に来てくれたナイトさんが心配そうに声をかけてくれます。

警備もかねてという事でしたが、彼女はこうして毎日我が家に顔を出し、部屋の掃除なんかをしてくれます。お世話になった筆頭《ひっとう》は彼女で間違いないでしょう。

だから俺は自然と笑顔になって、お礼を伝えました。

「おかげさまで絶好調です。これもあなたのおかげですね」

「……！　もったいないお言葉。私は当然の事をしているまでです」

ナイトさんはものすごく謙遜《けんそん》しているようでしたが、実際に感謝している俺がここにいるのだから、この気持ちは間違いなく本物、疑いようはありません。

「いえ、感謝していますよ。実際、看病に来てくれてずいぶん助かっています。みんなの気持ちがとてもうれしいのです」

今回の事もですが、ナイトさんを含めてどれだけ迷惑をかけたか知れません。

それでも調子が戻るまで俺に付き合ってくれたのだから、感謝のあまり思わずナイトさんの手を握ったのは必然でした。

「あ、あの……それはよかったです」

どこか落ち着かないナイトさんですが、きっと照れているのでしょう。俺の感謝がちゃんと伝わっている証《あかし》だと思うと、とてもうれしいです。

ただ、こんな言葉だけでは感謝を伝え切れたとは言えないのが気がかりでした。

「うん。本当にありがとうございます。ナイトさんがいてくれて本当によかった。今度ぜひ、日頃の感謝も込めてお礼をしたいものですね」

「い、いえ！　そんな必要はありません。ええ、全く」

やはり謙虚なナイトさんは、お礼をきっぱりと拒絶します。

だがこれに関しては俺の頼み方もよくなかったのだと気が付き、愕然《がくぜん》としたのです。

俺自身はあまり気にした事はありませんが、彼女はエルフの長、ハイエルフのセレナーデ様から、俺に仕《つか》えるようにと言われてここにやって来ているのです。生真面目なナイトさんが、立場みたいなものを気にしないわけがないじゃないですか。

「ああ、そうでした。君はこういう公私混同《こうしこんどう》はあまり好きではないと言っていましたね。俺としては……主従なんていうのはいまいちピンと来ないのですが」

「そういうわけにはまいりません！　私はあなたに仕えるためにここにやって来たのですから！　けじめは大切だと思います」

やはりそうきますか。しかし、こういう真面目な部分は見習わなければならないでしょう。

反省しつつ、だけど俺はちょっとした閃《ひらめ》きでこんな提案をしてみたのです。

「なら今度、適当な日を休日という事にしてみるのもいいかもしれませんね。個人的に、今回のお礼をしたいですし」

うん。これならば日頃の感謝を込めてきちんとお礼が出来ます。

きっちりお休みを決めておけば、ナイトさんも気楽に羽を伸ばせるはずです。クマ衛門もそういう休日があれば気分が違うでしょう。

「こ、個人的にですか？」

「そうですよ？　何かおかしいですか？」

「い、いえ！　いやその、おかしいという事はないのですが……」

「ならよかった。いつも君と話す時は変に固くなってしまって、申し訳ないと思っていたのです。その時はお互いに、普通に話せたら素敵ですね」

「……！　あ、あの！　そういったお心づかいは本当に結構ですので！　今日の所は失礼させていただきます！」

「……あれ？」

何故《なぜ》かものすごく慌ててナイトさんはそそくさと出て行ってしまいました。

そんなに遠慮する必要はないと思うんですけど？　やはり謙虚な女性です。

ナイトさんがいなくなると、周囲の視線が自分に集まっている事に気が付いたのです。

「どうしたのですか皆さん？　俺の顔に何かついていますか？」

「……いや、別にそんな事はないんじゃが」

「……うん、全然大丈夫」

「？　そうですか？　ならばいいのですが。しかし今日はとても気分がいいです。こんなにも静かな気持ちになった事は……たぶん今までの俺には一度もなかった気がします」

言葉通り、その日の俺は気分が良かったのです。良すぎたと言っていいでしょう。

みんなも俺を心配してくれている。きっとそのおかげなのでしょう。何度も大丈夫だと伝えているのですが、こちらの意図が伝わらないというのは何とももどかしいものでした。

ともかく今の俺は体調も含めて絶好調です。病気が治った反動か、普段よりも体が軽いくらいです。

薬を飲んだ次の日、すっかり体の調子が戻った俺は、魔女さんから退院の許可をいただくと皆に急《せ》かされるように家に帰ってきました。きっと、家の方が落ち着けるし、養生《ようじょう》しやすいだろうとの配慮《はいりょ》だと確信しています。

おかげで俺は、現在大事を取って家の中で療養中なのです。

だけどもうそろそろ外に出ても問題はないでしょう。今日は薬を飲んでからだいたい三日目。いつにも増して、誰にでも優しく出来そうでした。

「本当に今日は素晴らしい日です」

「そ、そうかの？」

「ええ。歌でも歌いたくなってきますよ。世界平和を祈ってもいい」

「そ、そうなんだ」

いつになく雲は綺麗だし、花は美しく、風が煌《きら》めいている。

お日様《ひさま》にありがとうと言いたくなる日があってもいい、俺は心からそう思っていました。

◇◆◇◆◇

「……やっぱりおかしいよね？」

「……あからさまにおかしいじゃろ」

「あれだよ？　さっきなんてナイトさんが来ても、胸とかおしりとか見ないんだよ？」

「うむ、あれだけ露骨じゃったのにな」

「それだけじゃないの！　あれだけこまめにご飯だけは食べてたのに！　全然食べてないの！」

「まぁ……あいつの場合、魔法さえ使えれば食べる必要はないんじゃが……ありえんな」

「言葉遣いもなんかちょっとおかしいし……やっぱこれって薬の副作用だよね？」

「間違いなくそうじゃろ。それ以外の理由が見当たらん。……ならばどうする？」

「決まって……いるでしょう？」

「とりあえず動画でも撮っとくかの？」

「だね♪　なんかまた面白くなる予感がするよ！」

◇◆◇◆◇

一体どうしてしまったのでしょうか？　世界のすべてが善意で満たされています。己の内に穢《けが》れはなく、魂は清流《せいりゅう》のように清く澄《す》み渡っています。

こういう時は家の掃除をしたくなります。家の隅《すみ》から隅まで、いつも以上に磨き上げる。そうする事で、この心の内側もさらに磨かれるというものでしょう。

部屋の中に花を飾り終え、汗をぬぐうと、カワズさんとトンボさんがこちらを見ていました。

「はぁ、すがすがしい。ところでカワズさんもトンボさんもなぜ映像記録用の水晶などを持ち出してきたのですか？」

「いやー、なんだか記録を残したくなってての！」

「そうそう！　日常の何気ない一時こそ、本当に残す価値のある映像なんじゃないかな！」

トンボさんとカワズさんは、実に素晴らしい事を言っています。

「なるほど……それは素晴らしい。それでは思う存分撮ってください。俺も掃除のし甲斐《がい》があるというものです」

「お、おう！」

「そうだね！」

俺はなんて尊《とうと》い心がけだろうと感心しました。確かに彼らの言う通り、日常の他愛ない一瞬こそ、保存する価値があるのかもしれない。俺も見習おうと、日常のひとコマに感謝しながら雑巾《ぞうきん》がけをする事にしたのです。

◇◆◇◆◇

「……でもこのまんま掃除を撮り続けるのってつまんなくない？」

「……そうじゃのぅ。なんかこう……もうひとひねり欲しいところか？」

「そうだ！　あの魔女の人から何かお土産《みやげ》もらってなかったけ？」

「おお！　そう言えば！　あのババアの事じゃ！　ろくでもないもんに違いない！」

俺にはよくわからない話をしながら、カワズさんとトンボさんは仲良く部屋を出ていくと、今度は見覚えのある壺を持って来てくれました。それは魔女さんの家でお土産としてもらってきたものらしく、とても前衛的《ぜんえいてき》な形をしていました。

表面にびっしり描かれた幾何学的《きかがくてき》な模様に、やたらリアルな顔が描いてあります。しかし模様はこの際問題ではありません。まだ中身も確認していなかった事に、俺は自分の愚かしさを痛感したのです。

「俺は……なんて事を。せっかくいただいたものなのに中身も確認しておかなかったただなんて！　さすがお二人です。俺も一緒に中身を確認させてもらって構いませんか？」

なんだかんだ言って、ちゃんとお土産まで用意してくれた魔女さんにはいくら感謝してもし足りないというのに……不覚でした。

俺がお二人の配慮に感動してそう言うと、二人ともとても快く俺に壺を差し出してくれました。

「おお、ええぞ！　むしろお前さんに見てほしい！」

「そうそう！　なんだか怪しい壺だしね！」

「ありがとうございます」

◇◆◇◆◇

渡された壺をテーブルの上に置いて眺めてみましたが、やっぱりとてもユニークな壺でした。その上何だか魔力を感じるので、ひょっとしたらとても高価なものかもしれません。でもそれ以上に気になったのは、壺の中から伝わる今まで抱いた事のない違和感です。

「これは封印でしょうか？　何かが閉じ込められているのかもしれません。開けましょう」

早急に開けなければと考えたのですが、カワズさんの考えは俺とは違うようでした。

「いやいやいや、なんで封印されておるからといってすぐ開けるんじゃゃね？」

「何を言うのですか？　誰であろうとこんな狭い所に入れられて困っていないはずはありません。きっとこの封印をした人もされた人も、並々ならぬ事情があったに違いないのです」

確証はありません。しかし、封印とは何かを閉じ込めるためにするものです。ならば出してあげるのが人の道という物ではないでしょうか？　世の中には悪人なんて存在しないのですから。

「そ、そうかのぅ？」

釈然《しゃくぜん》としていない風のカワズさんには申し訳ないけれど、少しでも早い方がいいと思ったのです。

「なんだか……面白くなってきたね！」

「うむ！　予想以上にな！」

「だけどあれって本当になんなんだろう？」

「さぁの？　だが鬼が出ようが蛇が出ようが、大した問題じゃないわい」

「……そうだね！」

◇◆◇◆◇

その後すぐに小声でトンボさんと楽しそうに話していたので、きっと封印を解く事にも同意が得られているはず。

「それでは、さっそく出してあげましょう」

俺がキュポンと壺の蓋《ふた》を開けると、封印らしき魔法が壊れて、煙が噴《ふ》き出してきました。中から現れたのはこれまた複雑な魔法陣と、妙な魔力。紫色の光が壺から漏れ出し、煙がモクモクと部屋中に立ち込める頃には、壺のすぐ上の空間に変化が起こっていたのです。

俺は人影が現れたのを確認してほっと胸を撫で下ろします。死んでしまっていたり、怪我をしている様子はないみたいでした。

その場所に現れ、大きな翼で体を包むようにして浮かんでいたのは、とても大胆《だいたん》な恰好をした女性。薄い水色がかったミディアムヘアを煙の中で波打《なみう》たせ、ゆっくりと瞼を開きます。琥珀色《こはくいろ》の透き通った瞳には俺が映っていました。

背中についた蝙蝠《こうもり》のような羽は珍しく、頭には角が生えていましたが、とるに足らない事。とても美しい女性である事に変わりはありません。

ただ、少し寒そうなのが気にかかるくらいでしょうか？　青を基調《きちょう》にしたとても豪華そうな衣装なのにどうにも生地《きじ》が少なめ……風邪を引いては大変でしょう。すぐに上から羽織る物を用意すべきかもしれません。

壺から出て来た彼女はテーブルの上に舞い降りると、にっこりと笑って、少し長い八重《やえ》歯《ば》を口元からのぞかせます。

「はっはっはっは！　さぁ！　我を称えよ！　我が拝謁《はいえつ》の栄に与《あずか》った事、末代まで語り継ぐがよい！　我は魔界の大公爵《だいこうしゃく》！　悪魔の中の悪魔！　我と出会った運命こそがこの世の誉《ほま》れと知るがよい！」

◇◆◇◆◇

テーブルの上で仁王立《におうだ》ちした彼女はそのまま、まるで王様のように叫んだのです。

「すごいのデタ！」

「すごいのでたな！」

◇◆◇◆◇

傍らで大はしゃぎする二人。楽しそうで何よりでした。

肝心の出てきた女性は威風堂々《いふうどうどう》、誰にはばかる事もなく、大きく右手を前に突き出し、左手を腰に当てたポーズのまま待機しています。

俺としてはもちろん邪険《じゃけん》にするつもりなど欠片《かけら》もなく、壺という変わった所から出てきたお客さんに最大限の敬意を払うつもりでした。

しかもこんなに楽しそうに出てきたのだし、余韻《よいん》は大切にしましょう。

とりあえず親愛の情を込めてコミュニケーションをとれば、円滑《えんかつ》に事を進められるのではないでしょうか。例えば……さっそくニックネームなど考えるのはどうでしょう？

呼び名を最初に定めてしまえば、後々困らないだろうし、あだ名をつける事情も説明すればわかってもらえるはず。幸い、最近ニックネームをつけた時、女の子につける時のコツを掴んだばかりです。

心を込めてつける。それが俺に出来る最善の事だと信じていました。

「どうも初めまして。えっと……デビニャンさん」

ここまで考えて、俺は実行していたのです。

◇◆◇◆◇

「すごいあだ名キタ！」

「おう！　いまだかつてない切れ味じゃな！」

◇◆◇◆◇

トンボさんもカワズさんも大喜びですね。

「うむ！　よかろう！　そう呼ぶ事を許すぞ！　我は寛大《かんだい》なのだ！」

俺のニックネームはすぐさま受け入れてもらえたみたいです。よかった、俺の真心は彼女に通じたようです。

だけどついさっきまで喜んでいたトンボさんとカワズさんの表情が一変して驚愕に変わっていたのは何故なのでしょう？

「うへ！　本気なの！」

「……何じゃと！」

「……そこの外野、少し黙っておれんのか？」

二人の驚きの声は大きすぎたらしく、お客さんにも不評でした。

「申し訳ありません。しかし、許してあげてください。今日の皆さんはとてもテンションが高いのです」

「ふむ……難儀《なんぎ》な奴らだ」

お客さんはどうやら、俺達を許してくれたようでした。

◇◆◇◆◇

「……ものすごく納得できない。バカにされちゃったよ、わたし達」

「何とも釈然とせんな。まぁ名前に関しては本人がいいのなら別にいいんじゃが」

「しかしデビニャンとは……悪意がないだけにどうなんだろう？」

「いやいや、ここまでのものとなると本当に悪意がないかどうかも怪しくないかの？」

「うーん、でも残念ながらいつものあだ名を考えみると、いたって真面目っぽくない？」

「ああなるほど。それなら……今後あだ名でいじるのはなんだかかわいそうだのぅ」

「だねぇ……今後は優しく見守ってあげよう」

◇◆◇◆◇

カワズさんとトンボさんのひそひそ話に対して異様に抗議したくなるというよくわからない衝動が胸の内からこみあげてきましたが、些事《さじ》でしょう。

お客様優先です。デビニャンさんはさっそくこちらに向き直り、俺を見て微笑みを湛えていました。

「その名の由来だけでも聞いておこうか？　言っておくが、悪魔に虚偽《きょぎ》は通じぬぞ？」

「そんな。嘘を吐く理由がありません。悪魔だというのでデビルで、後半は最近女の子にはかわいいあだ名をつけるように言われたもので、頑張ってみました」

何かのマスコットに似ている響きは、きっとかわいいに違いない。

俺の言葉に嘘がないと判断したのか、デビニャンさんは深く頷いて理解を示してくれます。

「ふむ……ならばよい。我も故あって真の名を明かす事は出来んからな。ちょうど良いわ。それに今はそのような些事を論じている場合ではないだろう。……お前であろう？　この壺を開けたのは？」

そう言っておもむろに壺を指差すデビニャンさんは、なんだか俺に用事がある様子でした。

初対面の方から用事と言われても何も思い浮かばなかったのですが、俺はコクリと頷きます。

「ええ。なんだか封印みたいなものがあったので」

肯定した内容はどうやら彼女にとって歓迎すべき事だったらしく、デビニャンさんは腕を組んで何度も大きく頷いていました。

「ふむふむ……よい！　大義であったぞ！　我もちょうど退屈しておったからな！　この壺は魔界への扉！　封印は扉の鍵よ！　この壺の持ち主は、壺を開ける事で悪魔を召喚でき、さらに、とってもお得な契約を結べるのだよ！」

「？」

ものすごく元気に説明されてしまいましたが、俺にはさっぱり意味がわかりません。

しかし魔界とか悪魔とか、小説の類で読んだ記憶はあるけれど、見たのは初めてでした。

珍しいものが見られたなーと感心してしまいましたが、珍しいなんて言ってはデビニャンさんに失礼でしょう。だから俺は無難《ぶなん》に笑顔のまま問い返します。

「そうなんですか？」

「そうなのだ！　さぁ、なんでも言うがいい！　貴様の願いを三つ叶えてやろう！　その代わり魂をいただくがな！」

デビニャンさんは大声でそう申し出たのです。

これには驚かされました。何でも願いが叶う契約とは、これまたどこかで聞いたような話です。だけど似たような話は、所詮似たような話。この場にはあまり関係ありません。自分も願いを叶えるという点では、似たような事をしていますし、ひょっとしたら流行っているのかもしれません。

それよりも注目すべきは目の前の悪魔と名乗る女性の人間性ではないでしょうか？

魂はともかく、見ず知らずの俺の願いを三つも叶えてくれるなんて、なんていい人なんでしょう。

言い回しからして、二つでやめておけば魂は渡さなくてもいいわけですし。ひょっとしたら照れ隠し的な遠回しのボランティアなのかもしれません。だけどそんな風に言ってくれたデビニャンさんに、俺は静かに首を横に振る事しか出来なかったのです。

「願いなんてありませんね」

「何？　それはどういう事だ？　偽りではない……のか？」

デビニャンさんはとても戸惑っているようでした。

しかしデビニャンさんがいい人であるからこそ、そんな事をしてもらうわけにはいきません。

他人の願いを叶える事がそれなりに大変だというのは、俺にはわかっているのです。悪魔とはいえ、俺よりも遥かに魔力の劣るデビニャンさんにそんな大変な事をさせるわけにはいきません。

だけどデビニャンさんも言い出した手前、引っ込みがつかないようでした。

「いやいやいや待て待て！　そんなわけがあるまいよ。人というのは欲深いと相場が決まっている。想像してみるがいい！　……例えば、そう！　お前、巨万の富は欲しくないか？」

あくまで笑顔で俺に言ってくれますが、ならばもっときっぱりと誠意を込めて、彼女にお断りをしなければならないかもしれません。

「いらないです」

「うぬぅ？　お、お前すでに大富豪とかそういうのか？　ふむ……我はお金持ちは好きだぞ？　……ならば比類《ひるい》なき権力！　これしかあるまい！　かつて悪魔と契約し、一国の王となった者がいた！　当然、我にかかればその程度は容易いぞ！」

「すみません、全く興味がないので」

「……む、謙虚な奴だなぁ。だが男には野心も必要だぞ？　となると……ハーレム。そうハーレムなんていうのはどうだ！　世界の美女を侍《はべ》らせ、お前だけのハーレムをつくるのだ！　これぞ男のロマンだろう！」

「いえ結構です」

「結構なのだな！」

「いや、いらないの方で」

「そんな！」

ガガーンとわかりやすくショックを受けているデビニャンさんは、興奮して俺ににじり寄ってきています。気になるのは、彼女が未だにテーブルの上にいる事。そろそろ降りた方がいいと思うのですが……。

「何ぃ？　いやちょっと待て……フフフ、わかったぞ？　このおませさんめ」

デビニャンさんは何かとてもいい思い付きをしてしまったという風に、意味ありげな表情をしていったん俺から離れると、俺に流し目を向けて、体をくねくねさせました。

「知っているか？　喚び出した人間が男か女かで、現れる悪魔が違うのだよ！　男には美女の悪魔が、女には男の悪魔が現れる。当然、心の願望を浮き彫《ぼ》りにしやすいためだが……。さぁ我はどうだ？　美しいだろう？　我は悪魔の中でも極上ぞ？　お前がそれを望むなら……この世の悦《えつ》のすべてをお前に与えてやるが？」

そっと俺のほっぺに手をあてつつ、耳元で囁かれましたが、くすぐったいです。

「いえ、興味がないので」

「にゃ……にゃに？」

きっぱりお断りしたら、ピシリとその瞬間、デビニャンさんの表情が完全に凍り付きました。そしておろおろしながら、ものすごく狼狽《うろた》えているようでした。

「そ、それは、わ、我に……ひょっとして魅力がないからか？　ま、まさかとは思うが、醜《みにく》かったりすると？」

ぷるぷる震え、なんだか涙目になってしまったデビニャンさんを見て、非常に困ってしまいました。

何か俺は悪い事を言ってしまったのでしょうか？　いや……この反応は、言ってしまったのでしょう。

前々から自分にはデリカシーが欠けていると思ってはいたのですが、またやってしまったようです。

本当にただ興味がなかっただけなのですが……泣かせてしまった時点で、俺が悪いのは明白です。

だから出来る限り優しく、俺は首を左右に振って言いました。

「そんな事はありません。あなたはとても魅力的な悪魔さんですよ？　だけど悪魔だからといってよく知らない男に容易く肌を晒《さら》すのはいけません。あなたには、自分をもっと大切にしてほしいと考えています。だからさっきの願いは……本当に俺の望む所ではないのです」

誠心誠意説明したつもりでしたが、いまだ涙目のデビニャンさん。

彼女は上目使《うわめづか》いで、おずおずと口を開きました。

「そ、そうか？　我は……魅力的か？」

「はい、とても」

少しは持ち直す兆《きざ》しが見えてきて、俺は胸を撫で下ろしました。

「ではお前の望む所ではないのは……わ、我を思っての事なのだな？」

「はい、その通りです」

「うむ！　ならば許してやるぞ！　そうだな！　我は魅力的なのだ！」

完全復活を果たしたデビニャンさんは勢いよく立ち上がりましたが、やっぱりまだテーブルの上でした。

「元気が出たようで何よりです。そうだ……どうぞこれを。俺が作ったクッキーです。お口に合えばいいのですが……」

「うむ！　もらおう！」

俺が懐からすっと差し出したクッキーを、その場にペタンと座ってまるでハムスターのようにコリコリ食べるデビニャンさんには小動物系という言葉がしっくりきます。

やっぱり食べる時もテーブルから下りる気はないみたいです。

食べる勢いからして、彼女はお腹が空《す》いているようでした。やはり、お腹が空くと気が昂《たか》ぶりやすいものです。時間はもうすぐお昼。俺が呼んでしまったせいで、余計な時間を取らせてしまったのは申し訳ない限りでした。

◇◆◇◆◇

「……何これ」

「わからん。つーかあいつはいったい誰なんじゃね？」

「わからないね。わたしにはさっぱりわからないよ」

「わしもじゃ……しかし願いを叶える悪魔とは。こういうアイテムを欲しがる奴も多いんじゃろうなぁ」

「そうかなぁ？　魂取られちゃうのに？」

「たぶんな。しかしタローの交友関係じゃと、もうどんな道具をもらってもおかしくないのがおっかないわい。どいつもこいつも無駄に長命じゃからなぁ……」

「それはカワズさんもでしょ？」

「わしなんてかわいいもんじゃろ？」

「……」

カワズさんとトンボさんの、どこか遠くから俺に囁きかけるような小声が聞こえた気がしましたが、何か重大な問題にでも直面しているのでしょうか？　俺には応援する事しか出来ません。それにそっとしておくのも優しさです。

お皿の上のクッキーをすっかり平《たい》らげ、デビニャンさんは現在、特製ブレンドの紅茶で一服していました。

◇◆◇◆◇

この茶葉はマオちゃんから頂いたものだったので、きっとおいしいはずです。

実際漂ってくる香りはとても甘く、俺もとても気に入っています。

「どうでしたか？」

「うむ！　実に美味だった！　……ってそうじゃない！　我がお前の願いを叶えるのだ！　何かないのか！　いい加減にしないと拗《す》ねるぞ！」

クッキーとお茶は満足していただけたようですが、彼女は不服そうでした。

ぷっくり頬を膨らませるデビニャンさんは見た目よりも幼く見えます。それが彼女の怒る仕草なのでしょう。

しかし、是《ぜ》が非《ひ》でも願いを叶えないといけない事情がデビニャンさんにあるのは、そろそろ俺でも察する事が出来ました。

俺は足りない頭で何かいい方法はないかと考えましたが、全然お願いなんてものが浮かんできません。強《し》いて言うなら……。

「……ん、強いて言うなら世界平和とかですかね？」

世界平和。

皆がただ平穏に暮らせる世界、なんて素晴らしいのでしょう。

しかし、それが叶わぬ夢だというのは俺もわかっています。みんなも同じだったらしく、トンボさんが驚いた声を上げていました。

◇◆◇◆◇

「でか！　望みでっかい！　でもさすがにこれは無理でしょ！」

「……いや、あの娘が本当に悪魔なら、そうでもないんじゃよなぁ」

「へ⁉　本当！」

「まぁ見とれ」

◇◆◇◆◇

俺がそう口にした途端、デビニャンさんの目が怪しく光ります。

そしてとてもやる気になっている彼女は、はっきりと宣言していたのです。

「……ふっ、聞いたぞ？　ならば一つ目の願い叶えてやろう！」

デビニャンさんは突然ずいっと顔を近づけて来て、じっと俺の目を覗き込みます。

それから数秒、瞬《まばた》きもしないでお互い見つめ合っていると、なんだかもやっとしましたが、特に何があるわけでもありませんでした。

「……え？」

「……ん？」

お互いに左右対称に小首をかしげて元に戻し。

「ちょっと待て！　手違いだ！」

「はぁ……」

俺は声を荒《あら》らげたデビニャンさんに従いましたが、今度は頭を鷲掴《わしづか》みにされてさらに至近距離でガン見です。

息がかかりそうな距離は、にらめっこにしても近すぎて、俺にとっては意味が分からない状況でした。

デビニャンさんにとっても不可解な数秒が過ぎ。

「……どうだ？」

「はぁ、顔が近いですね」

デビニャンさんの問いに俺はそのまま答えたのでした。

カワズさんはニヤニヤと笑い、トンボさんはわけがわからなそうにしていましたけど、一番派手なリアクションを取ったのは目の前のデビニャンさんだったのです。

「どういう……」

一瞬のタメの後。

「事なのだ！」

デビニャンさんはテーブルに頭を打ち付け、さらに大きく仰《の》け反《ぞ》りブリッジ。

そのリアクションに、今日一番驚きましたね。

◇◆◇◆◇

「……どういう事なの？」

「なに。悪魔の得意な魔法はお前さん方と同じなんじゃよ。奴らが使うのは強力な幻術なんじゃ。悪魔の方が基本的に魔力が高いから、避けられる者はなかなかおらん。だから大抵の奴は容易く幻術をかけられて納得してしまうわけだ。しかも質が悪い事に一つ目の願いを叶えられた時点で、精神は悪魔の術中に陥《おちい》っておる。それ以降、抗《あらが》うのは難しかろう。

後はそれを繰り返せば契約完了。晴れて魂をいただいて魔界に帰る、というわけじゃな」

「いや……そっちじゃなくてブリッジの方」

「知らんがな！　悪魔なりの最上級の驚きの表し方なんじゃないか？」

「ああ、なるほどー。でもそれじゃあ王様になったりは出来ないじゃん」

「うむ……聞く気はあったんじゃな。まぁ、本当に王にする事も出来んわけではあるまい？　小国の奴らを全員幻術で狂わせるとか、単純に戦にこっそり手を借すとか、方法は色々あろう？　実際、悪魔はかなりの実力を持っておるからなぁ。それなりの手段を考えるんじゃないかの？　それ以前に、契約者が満足すりゃええんじゃから。先の方法ならある意味なんでも願いは叶うじゃろうよ。頭の中でな」

「ほへー、でもカワズさんよく知ってるね。悪魔なんてそんなにお目にかかれるようなもんじゃないでしょ？」

「そうでもないぞ？　魔法使いの中では割と悪魔は知られておる。弱いものなら使い魔にしたりとかな。強力な魔法使いの中にはかなり高位の悪魔を使役した者もいると聞くぞ？　とにかく奴らはそんなに万能でもない。本当になんでも願いを叶えられるような存在なら、使役など出来るわけもあるまい」

「確かに」

どうにも居心地が悪いのは、勢いよく起き上がり復活したデビニャンさんが、両手をクロスさせた妙なポーズで固まっているからでしょう。

「な、何だと？　我の魔法が効かない人間など！　どうなっているのだ！」

「どうしましたか？」

俺が心配して尋ねると、何かに気が付いたらしいデビニャンさんの顔色は真っ青《まさお》でした。

が、すぐに気を取り直して高笑いし始めたデビニャンさん、精神的なあれやこれやに負けなかったようです。

◇◆◇◆◇

「……なんというか、お前もなかなかやるようだな！」

「あ、開き直った」

トンボさんの声が聞こえたのか、ぬぐぐと押し黙っていたデビニャンさんでしたが、すぐに眉をハの字にして手をジタバタさせています。

「人間のくせにずるいぞ！　我の魔法が効かぬではないか！」

そんな事言われたって……怒られてもどうしようもありません。

「はぁ、すみません」

それでもこちらが謝ると、デビニャンさんは何とも毒気《どくけ》を抜かれたような顔をしています。

「……」
「……」

俺とデビニャンさんは、しばし無言になりました。

「え、えーっと。……怒っておらんのか？」
「何が怒る事があるのですか？」
「わ、我はお前に幻術をかけようとしたんだぞ？　お前は……我よりも力があるのだろう？　ならば我を滅ぼそうとは……思わんのか？」

デビニャンさんはしばらくこっちをじっと見つめてから、不思議そうに、だが恐る恐る尋ねてきたのです。

とんでもない事を言うデビニャンさんでしたが、俺がそんなマネをするはずがありません。むしろ感謝しているくらいなのですから。

「何を言うんですか。あなたは俺の願いを叶えてくれようとしたんでしょう？　なら怒る理由なんてないですよ」

そう、すべての言動は俺のためだったのです。つまりは善意！

それを咎《とが》めるなど、俺に出来ようはずがないではないですか！

しかし俺は笑顔にその気持ちを込めるしかありません。いつもは周囲から『お前が笑顔だとなんかろくでもない事を考えていそうで怖い』と、あんまりな評価の笑顔ですが、きっとこの気持ちを伝えてくれると信じたいものです。

「……本当か？　嘘じゃないか？」

「もちろん。それよりもさっきからあなたにばかり気を遣わせてしまって申し訳ないと思っていたところです」

「い、いや、我は。その……気にするでない！　なんというか……我も不実な真似をした、許せ！」

両手を合わせて謝り、デビニャンさんは顔を伏せましたが、彼女が卑屈《ひくつ》になる必要はないでしょう。何せ彼女はお客さんなのですから。

「いえいえ、お気になさらず。こちらこそ情けない限りです。むしろおもてなしするのが家主の役目でしょう。そうだ！　せっかくだから俺もあなたの願いを叶えるってのはどうですか？」

俺はそんな提案をしてみたのですが、これに驚いたのはデビニャンさんの方だったようです。

「わ、我の？　そ、そんなわけにはいくか！　我は悪魔の中の悪魔ぞ！　人間に願いを叶えてもらうなど、あってはならぬ！」

「そう言わずに。願いを叶えるというのは言葉のあやですよ。ただのお土産みたいなものありません。

ですから。何か欲しいものはありませんか？」

「ほ、欲しい物だと？　……なら、魂おくれ！」

……さっそく現金なお方でした。だが魂なんてものはそう簡単にやり取りするものではありません。

命は尊《とうと》いものなのです。だから俺はやんわりとお断りしました。

「それはダメです」

「むぅ……冗談だ！　我とて契約も果たしておらんのに魂を持っていくなどプライドが許さんからな！」

彼女ももちろんそれはわかっていたようです。軽い冗談で笑い、話をしていると、さっき会ったばかりだというのに、もう友人と言ってしまっていいとさえ思えたものです。

言葉を交わせばわかり合えるものですね。実に素晴らしいと思います。

「そうですよ、命は尊いのです。粗末《そまつ》に扱ってはいけません。では、他には何かありますか？」

俺がさっそく続きを促すと、デビニャンさんはしばらく眉間に皺を寄せて考えていましたが、何か思いついたようで、少しだけ恥ずかしそうに、しかし力強く言いました。

「……じゃ、じゃあぬいぐるみをよこせ！」

「ぬいぐるみですか？」

なんとも予想していなかったリクエストにきょとんとしてしまうと、デビニャンさんはしまった！　という顔をしたまま硬直して、うっすらと頬を赤く染めていました。

どうやら照れているようです。

「わ、悪いか！　我は人間界の物を集めるのが趣味なのだ！」

だけど照れる必要なんてどこにもないでしょう。むしろぬいぐるみほどかわいらしさを突き詰めたものもないと思います。

でなければ、古くから愛され続けているわけがありません。まして、俺などは趣味でクマのぬいぐるみの自作までしているのですから、バカに出来るはずもありませんでした。

「いえ。とてもかわいらしい趣味だと思いますよ？　かく言う俺は裁縫《さいほう》が趣味なのです」

「……ほ、本当か！」

そんな彼女のために、まずは一つ贈り物をするとしましょう。

「はい。じゃあお近づきの印に俺の世界のぬいぐるみを――」

目の前の悪魔さんに喜んでもらえたらと、俺はクマのぬいぐるみを魔法で作り出したのです。

作った経験はあるので、再現など容易いものです。まぁ方法としては邪道《じゃどう》極まりないでしょうが、まさか一から作っているのを待ってもらうわけにもいかないでしょう。

そして仕上げにひと手間。

俺は取り出したソーイングセットからおもむろに針を抜き取り、どこからともなく用意したリボンを構えます。

「は！」

そのまま目にも止まらない動きで針を走らせ、糸を噛み切って終了。

これでクマのぬいぐるみリボン付きの出来上がり。

目の前で完成したクマのぬいぐるみを前にして、デビニャンさんはこれ以上ないほど目を輝かせていました。

「今のはどうやったのだ！　我も初めて見る魔法だったぞ！」

「フフフッ。それは秘密です。次は何がいいですか？」

「次もいいのか！　ならばトラだ！　トラがいい！　我はトラが好きなのだ！」

「はい、わかりました」

続いてデフォルメされたトラのぬいぐるみを作ってみたのですが、なかなかに上出来でした。

これも気に入っていただけたらしく、デビニャンさんはクマとトラを胸に抱きしめてそわそわしています。どうやら次を考えているようです。でもなかなか思いつかないようでした。

「次は……」

視線を彷徨《さまよ》わせキョロキョロし始めたデビニャンさんは、カワズさんの所でピタリと視線を止めると、指差して言いました。

「な、何じゃね？」

「カエルだ！　我はカエルが欲しい！　でもそこのでかい奴のようにグロイのは嫌だ！　かわいいのにしてくれ！」

「……」

これはまたストレートな。カワズさんも固まっています。

「わかりました。……すみませんカワズさん、彼女も悪気があるわけではないと思うので許してあげてください」

元々表現方法がストレートなのでしょう。カワズさんが許してくれるといいのですが。

◇◆◇◆◇

「なんという細《こま》やかな気遣《きづか》い……今のタローの性能は化け物か？」

「でも、おかしくなって普段より評価が上がるってどうなんだろう？　それにしても悪魔っ娘天然系我様《われさま》美女とは、なかなか濃《こ》いキャラがここにきて現れたものだわ」

「と言うと？」

「ふむ……わたしが見た所、『こんなキャラ、実際目の前にいたら引くしー』なんて思えないのは彼女が悪魔という属性を持っているせいだね！　種族が違うだけで、年齢その他もろもろは気にする必要すらなくなる。そして一見すると美女なのに、子供のように天然で無邪気《むじゃき》な反応、これもまたミステリアスな悪魔という名の補正をかける事で緩和《かんわ》出来てしまう……なんとも奥の深いものよね！」

「語りよるのぅトンボちゃん。しかしおぬしもそのカテゴリーに当てはまりそうじゃが？」

「や、別にわたしは普通だし」

「……それ本気で言っとるか？」

「……違うとでも？」

◇◆◇◆◇

カワズさんとトンボさんの愉快な会話が聞こえた気がしましたが、二人とも楽しそうなのでそっとしておきましょう。

「では次だな！」

「おや？　もうお願いは三つ叶えてしまいましたよ？」

俺が冗談めかして言うと、彼女はプーっと頬を膨らませていました。

「む！　いいではないか？　意地悪だぞ！」

「いえいえ、意地悪ではありませんよ」

　少々心苦しいが、しかしこれにも理由があるのです。

　三つのぬいぐるみを上機嫌で抱きしめていたデビニャンさんは実に微笑ましいのですが、この辺りでやめておいた方がいいでしょう。

「それ以上ぬいぐるみがあっても持てないでしょう？　そうなると持って帰る時に置いて行かれる子達がかわいそうです」

　ここに飾っておくという選択肢もあるけれど、ここに置いておくために彼女のリクエストに応える意味はありません。贈り物でなければ魔法で作る意味もないでしょう。デビニャンさんも納得してくれたようでした。

「……確かに貴様の言い分も一理ある！　うむ、我はこれだけで我慢するぞ！」

「それがいいです。さすがデビニャンさんです」

「そうであろう？　大公爵たる我の器の広さはこんなものではないのだ！　まだ全力の半分も見せておらん！　……いや四分の一かも」

「そうでしょうとも……ところでランチはどうしますか？」

「もらおう！　良きに計《はか》らえ！」

「ええ、ゆっくりしていってください」

デビニャンさんはふんぞり返って鼻を鳴らしていましたが、そこはやっぱりテーブルの上でした。

◇◆◇◆◇

「何というか……わしはもうちょっと悪魔って奴は賢《かしこ》いものだと思っておったが」

「うん、こないだのマオちゃんの時も思ったけど、世界は割と不思議に満ちてるよね」

「……妖精のお前さんに言われたらおしまいじゃな」

「何をおっしゃいますカワズさん。希少価値なら妖精より上のくせに。でもうちでご飯をおいしそうに食べている悪魔さんはそれ以上じゃん？」

「大公爵とか言うとったからなぁ。本当ならおいそれと出てくるようなもんじゃないじゃろうよ」

◇◆◇◆◇

デビニャンさんがカワズさんの台詞に反応します。

「その通りだ……モグモグ。あの壺は、持ち主に合わせて悪魔を召喚するのだよ。ところがなぜか最上位の者どもが軒並み嫌がってな、そこで我にお鉢《はち》が回ってきた。わけのわからぬ奴らよ……モグモグ」

和やかなランチは滞《とどこお》りなく終了し、俺は全員分の食器を片づけた後、緑茶をふるまいます。

食事の時は、さすがのデビニャンさんもテーブルから下りてくれました。

今日のメニューは和食。炊《た》き立てご飯に、みそ汁、そして焼き魚。異世界なのにすでにここまでの再現が可能かと思うと感慨深《かんがいぶか》いものです。当初を思えば格段の進歩だと思わずにはいられません。発酵《はっこう》食品を魔法で作り出すのはなかなか骨でしたが、その分、十分な出来のものが食卓に上っているのだから言う事はないでしょう。

「お味はいかがでしたか?」

そう尋ねてみると、緑茶の入った湯呑《ゆのみ》をガツンと勢いよくテーブルに叩きつけたデビニャンさんは、ほっぺたにご飯粒《はんつぶ》をつけたまま、それ以外はおかしな所もなく満面の笑みを湛えて答えました。

「うむ！　我はとても満足だ！　お前は料理がうまいのだな！」

「それはありがとうございます」

「時にお前は食べんのか?」

「すみません。この間ちょっと病気をしましてね。食欲がないのです」

「む！　ならばこの我が直々《じきじき》に癒《いや》してやろうか⁉　悪魔の治療術は世界一だぞ！」

「すみません。もう治りかけですので」

「そうかー……せっかく役に立てると思ったのだがなぁ」

「ありがとうございます……ちょっと失礼？」

「む？」

俺はそっとデビニャンさんの口元についていたご飯粒を指でつまむと、それをぱくりと食べました。

「ご飯粒が付いていましたよ？」

「そうか？　すまぬな！　普段悪魔はこのような食事はあまりとらんのでな、慣れておらんのだ！」

◇◆◇◆◇

「キタコレ！　天然同士のやり取りは破壊力でかいや！」

「何じゃね⁉」

「わかんないかな⁉　これが異世界から来た萌《も》えという名の文化だよ！　ああ、今の映像は絶対女王様の所に持って行かなきゃ！　今タロは意識してやったのかな？　だとしたら

とんでもねーぜ！」

◇◆◇◆◇

カワズさんとトンボは、相変わらず意味不明な会話をしています。まぁ、気にしないでおきましょう。

「うむ……だが飯はともかく、本題の方をどうにかせねばなぁ。……お前は本当に願いがないのだな。発言に嘘偽りの気配がまるでない。言うなればまるで聖人のようだ。かといってただ穏やかなように見えて、我よりも力が強いとは……色眼鏡で人間を見てはいけないな。お前のような奴は初めてだぞ？」

「そうですか？」

「うむ！　我は人間にこき使われる使い魔の類を小馬鹿にしておったのだがな。今なら少しだけ理解出来るかもしれない。認めたくはないが……お前という存在に、我は畏怖《いふ》と同時に尊敬を感じる部分があるのだ！　最初は適当に遊んで魂をいただこうかと思っていたというのに、これはどうした事だ？」

「そうだったんですか？」

「うむ。だがもはや隠す気もない。そもそも幻術をかけた時点で、我の狙いなど明白だろうに。しかしお前は我を許した。これはそう容易く出来る事ではあるまいよ。ならば我も対応を改める必要があろう。我は認めた者は厚《あつ》く遇《ぐう》する。悪魔である前に貴族として当然だ。どうだ？　お前、先ほどの遊びのようなものではなく、我とちゃんとした契約を結ぶ気はないか？　我はお前に真の名を明かす、それで我とお前は主従の契約で結ばれるだろう。本来……これは我ら悪魔にとって最も重い契約だ。何せ名を明かした者には絶対服従せねばならないからな。しかし、お前が他の者と契約するのは我は嫌だ。なら我がもらう他なかろう！」

どうだと手を差し出してくるデビニャンさん。どうやら本気みたいですが、俺は目を伏せて首を横に振ったのです。

「辞退させていただきます」

「!?　なぜだ！」

やはりこの返答は腹に据《す》えかねたのか、デビニャンさんは顔を真っ赤にして怒ってました。でも、さすがに絶対服従なんて真似をさせるわけにはいかないでしょう。

「ええっと、俺にはあなたにそこまでしてもらう理由なんてないですし」

「……お前は我より上だ。理由などそれだけで十分であろうが？」

「そうでしょうか？　上下などあるとは思えませんけど？」

「そうか？　絶対服従というのは悪魔なりの敬意の払い方でもあるのだぞ？　我々が上に

立つのは当たり前だから、認め、敬《うやま》える者などそう出会えるものではない。だから自分がこれと見込んだ者に自らの血の一滴までも捧げ尽くす。それは血よりも濃い絆《きずな》となりうるのだ。人間にもあるだろう？　騎士道とか義兄弟の契《ちぎ》りとか？　固い主従の契約だな」

「悪魔の中ではそれが普通なのですか？」

「いやいや、とても珍しいぞ？　元はどういう物であったかはわからんが、悪魔はそうやってお互いを高め合い、共に歩んだ時を誉れとするのだ！　どうだ？　憧《あこが》れるだろう？　中には死後も魂と永遠に共にある悪魔もいると聞く、何とも素晴らしい話ではないかー」

　夢見る少女のように、瞳に星を一杯に浮かべているデビニャンさん。どうやら、悪魔として憧れている理想像があるようです。

「結局魂は捕るんじゃん」

　身も蓋もないトンボのツッコミに過剰《かじょう》反応していたのもその証拠でした。

「無理矢理捕るのではない！　譲り渡してもらうのだ！　全然違うわ！　アホ！」

「アホって言われた……」

　そして後に続いたのは、思い通りにならない現状への不満と、希望に満ちた言葉でした。

「もっとも……小ずるい魔法使いがその掟《おきて》を利用して、悪魔を自在に操る方法として用いているようだが。全く……身の程を弁えぬにもほどがある！　だが我は幸運かもしれぬな！　こうして面白い出会いを得られたのだから！」

「だけど、絶対服従は感心しません」

そう聞かされても拒絶反応が出てしまうものです。どんな理由があろうと、誰かが誰かを奴隷《どれい》のように扱うなどあってはいけません。

俺が改めてお断りをすると、デビニャンさんは、今度は落ち込んだ様子で肩を落としました。

そして、どこか遠い目をして呟きます。

「むー。そうか……そうであろうな。お前には我の力など必要ないか。……だが我は本気だぞ？　お前とならさぞや素晴らしい物語が綴《つづ》れるに違いない！　それこそ世界を統《す》べる物語すらな！　まぁ、目鼻立ちはもう少し整っておる方が好みではあるし？　言動も心持ち凛々《りり》しければ言う事はないが！　そこには目を瞑ってもよい！」

「世界征服を狙う予定はないので、申し訳ありません。そして容姿についてはすみません」

「むぅ……そうか？　やはり無欲なのだなぁ。見かけは平凡だが、そのあり方はやはり希少だぞ！　面白いなお前は！」

デビニャンさんは無理に元気そうに振舞ってはいたが、かなり気落ちしているようで、尻尾がしょんぼりしています。俺はやっぱりこういうのは拒《こば》んじゃいけないのかなとさっそく後悔していました。

　しかし、一方的な絶対服従などこちらの倫理観《りんりかん》では到底許容《きょよう》出来るものではありません。とはいえ、このへんでお帰り下さいも少し違います。俺は考えに考え、そしてある答えを出すと、今度はこちらから手を差し出して言いました。

「主従とか、俺の元いた場所ではそういう考え方が一般的ではなかったので受け入れられませんが、せっかくですので……俺と友達になってくれませんか？」

　これが今現在、俺に出来る精一杯でした。

「……何だと？」

「上下だけが人間関係というわけでもないでしょう？　名前を教えると絶対服従の契約が成立するのなら、本名は言わないでください」

「……本気か？」

「問題ないのでは？」

　だが、差し出していた俺の手はぱちんと勢いよく振り払われてしまいました。

　目をパチクリさせている俺が、どういう態度をとるか決めかねてしまったのは、たぶんデビニャンさんの顔が楽しそうだったからでしょう。

　彼女はやっと最初の調子を取り戻すと、テーブルに上り、俺を見下ろし言い放ちました。

「ふん！　だが断る！　我は悪魔だぞ！　友人なんて生《なま》ぬるい関係で満足すると思うなよ！　でも……今回は見逃してやろう！　うまい膳《ぜん》の礼だ！」

「そうですか」

「こうなれば願いを叶えるという契約も諦めた方がよいのかもしれん。これにはお前の同意がいるが……よいか？」

「ええ、構いません」

「うむ！　ならば契約の破棄《はき》はここに成《な》った！　だが、もし我の助けがどうしても必要な時がきたならば呼ぶがいい！　お前の付けたあだ名でな！　ひょっとして、ものすごく暇であったなら……戯れに手を貸してやらん事もないぞ？」

最後は少しだけ小さめにそう言ったデビニャンさんの頬はうっすら紅潮《こうちょう》していました。

これも彼女なりの妥協《だきょう》なのだろうなと妙に納得して、俺も自然と微笑みます。

「どうもありがとうございます。でも、呼ばれなくても遊びに来て構いませんからね？」

「ならば！　我が来る時は飛び切りの供物《くもつ》を用意しておくがいい！　あとぬいぐるみもな！」

ばさりと背中の羽を一度羽ばたかせたデビニャンさんは、テーブルから下りてドアの方に歩いて行きます。

そして最後に肩越《かたご》しに振り返り、出てきた時同様、八重歯を覗かせた不敵な笑みで俺に問います。

「最後に……お前の名前を聞いてよいか？」

「ええもちろん。太郎と言います」

「うむ！　覚えておくぞ！　タロー！　そのうちまた会おう！」

はっはっはと高笑いを残して扉の向こうに消えた彼女の後ろ姿を見送り、俺は小さく手を振りました。

……なんとも面白い方でした。変な壺はどうやら俺に新たな出会いを運んできてくれたようです。

そして残された壺に栓《せん》をすると、俺はそれを目に付く棚に飾っておく事にしたのでした――。

THE　END

◇◆◇◆◇

「どう？　よく撮れてるっしょ？」

「……」

トンボによって編集された動画の中にいた男はどこまでも爽《さわ》やかだった。しかし言動がなんでいちいち丁寧なのだろうか？

いやいや、問題はそこじゃない。何が言いたいかと言えば——。

「……誰だ、こいつ」

俺は赤面してテーブルに突《つ》っ伏《ぷ》した。すでに薬の効力は切れている。

リビングで行われた全快祝い兼試写会は、俺に絶大なダメージを与えた。

「この時の記憶は？」

トンボがニヤニヤ笑いながら尋ねてくる。俺はしばし考え、ため息とともに返事を吐き出す。

「……ほぼない。夢みたいな記憶がぼんやりある気がするくらい」

言葉通り、幻のような一日だった。

朝方に見た夢のように儚《はかな》い記憶に、何だか無性に頭を堅《かた》い物に叩きつけたくなってくる。

映像の中に出てきた自分の、あまりにも邪気のない笑顔は何だというのだろうか？

そもそもあんな美女に、あそこまで近くに迫られて、普段の俺が冷静に対処出来るわけがないのだ。ところがどっこい、むしろ余裕すら感じられる対応をして見せるなど、もはや別人である。

　ひょっとして、あれが俺の真の力なのだろうか？　……言っていて虚しくなってきた。ありえないわ。

　それはまさに無欲のなせる業《わざ》。言うなれば真・賢者モード。

　もし普通の状態でデビニャンさんとやらに会っていたなら、きっと致命的《ちめいてき》なミスの一つもしていただろう。

「まぁ確実に言えるのは……素《す》の状態なら魂持ってかれてたな、俺」

「セクシーじゃったからの、あの悪魔。命拾いしたな？」

「デビニャン、端々であざとかったからねー。やっぱそこは悪魔の面目躍如《めんもくやくじょ》なんじゃゃない？」

　ゲラゲラと笑うカワズさんとトンボに、容赦など微塵もありはしない。

　醜態《しゅうたい》をさらした間抜《まぬ》けは、ただ耐えるのみである。

　それでもなおカワズさんが追い打ちをかけてくる。

「いや、でも思ったよりは普通じゃったんじゃないかの？　むしろ普段の悪行《あくぎょう》が浮き彫りになった気がしないでもない」

「……やめてよ。恥ずかしい。どうしようもなく恥ずかしい」

　俺としてはもう反撃する気力も持ち合わせていないのだった。

「でもあの悪魔、結局何しに出てきたんだろうね？　タロの願いも叶えてないし」

トンボは、結局昼飯だけ食べて帰ったデビニャンさんに今更ながら釈然としないようである。一方、カワズさんはそうでもないようだった。

「……そうじゃのぅ。まぁこいつの願いを叶えるなんてのは、なかなか難しいとは思うがな」

そりゃそうだ。どうしても叶えたい願いがあるなら、自分で何とかした方が早いし。

「そう言えば、帰りは壺じゃなくて普通に玄関から出て行ったよな？」

俺は映像を思い出して何気なく呟いただけだったのだが、カワズさんはその瞬間、何かに気が付いた様子でピクリと震える。

「……ん？　そうじゃな。……いや待て、ひょっとすると」

その時の事を思い出し、不意にカワズさんが何か考え込む。

「どうした？　カワズさん？」

なんとなく気になって尋ねてみたのだが、カワズさんは憶測《おくそく》にすぎんのだがと前置きした上で、こう言った。

「いや……悪魔は普通、実体を持たんのじゃよ。精霊やお化けのようなもんでのう。出てこられたとしても何かに取り憑《つ》いたりとか……仮の体が必要になる。今回は契約を結ぶために呼び出された時点で肉体を得て、契約が完遂《かんすい》すると実体を失って魔界へ還《かえ》るという魔法が使われていたようじゃ。だが……見た所、両者の同意で契約が破棄された場合は、その限りではないようじゃな」

「なんだよそれ？」

　確かにカワズさんの言うように、デビニャンさんは契約を破棄した後でも消えてはいなかったが……。

「ふむ、契約が破棄されたという事は、願いを叶える必要はないという事だ。まだ完遂ではないので魔界に戻る必要がない……という感じかの？　このような形の決着自体が稀じゃろうし。それにお前が付けた変なあだ名……」

「変じゃないだろう。かわいいだろう」

「……かわいいあだ名じゃが。いきなりにもかかわらず、彼女はすんなりと受け入れておった。これは使い魔の話なのだが、召喚主が名を与えて、こちらに存在を定着させるなんて話を聞いた事がある。あやつ、ひょっとしたら呼び出されたのをいい事に、こちらに留まる方法を探っておったのかもな」

「……だからどういう意味だよ？」

　勿体つけるカワズさんにじれてきた俺は急かす。

　するとカワズさんは、勿体つけた割には簡単に言った。

「ちょっと強めの悪魔がこの世に解き放たれたと、そういうわけじゃないかの？　うまくやりおったの、あのデビニャン」

悪魔が解き放たれた……字面《じづら》だけ見ると不吉な言葉だった。

何ともいたたまれない気分になるのはどうしたものだろうか？

という事は、俺の方がいいように使われたのかもしれない。

「……何かまたやらかしてしまったような気がする」

頭の痛い現実にまた病気になりそうだった。結局の所、賢者だろうがノーマルだろうが俺は俺でしかないらしい。

「まぁ深読《ふかよ》みのし過ぎなのかもしれんがな。呼べば来ると言っておったし、気にする必要もないんじゃないかの？　悪魔は約束をしっかり守るぞ？」

割とどうでもよさそうに言うカワズさん。そしてトンボも何故か感心した様子だった。

「やるなぁ。ひょっとしたらデビニャンは途中から目的を切り替えたのかもね。さすが悪魔ってとこだねー。うん、ちゃっかりしてる」

「だけどさ……やっぱりそんなに心配する必要ない気がするんだよね」

フォローのつもりで言っているらしい二人には悪いが、俺としてもあまり心配ではなかったりする。

ぼんやりと思い出されるのは、テーブルから頑なに下りようとしないデビニャンの姿である。

「その根拠は？」

興味深げに聞いてくるカワズさんだが、そんなに大したものではない。

「いや何、俺の知ってる言葉で、何とかと煙は高いところが好きってのがあってね……」

少なくとも全部嘘だったわけじゃないと思うんだ。俺はぼそりとそんなニュアンスの事を呟いた。

番外編その一　妖精郷の日常

悩める戦士の葛藤

私は現在、セーラー戦士などと呼ばれている。

今、あえて呼び名をつけるとするなら、肩書きでもある『冒険者』なのだろうが、それではあまりにもあだ名として無骨《ぶこつ》すぎる。

かといって過去の経歴から、異世界からやってきた元勇者と呼ばれるのも、個人的には印象最悪なのでやめてもらいたい。

私の見た目は召喚された時のままのセーラー服だし、鎧だって手放せない。いまさら、金髪や青い目になぞらえたあだ名にされても落ち着かないだろう。

結局、呼び方としては気に入ってはいないまでも、今のあだ名にすっかり慣れてしまって自分の中で違和感が薄れつつある昨今だった。

そんな私は、旅の途中、たまに太郎の家に休憩しに戻ってきて、思う事があるわけだ。

ちなみに、ここまでの前ふりはそんなに関係はないので念のため。

そう――本題は目の前の料理についてなのだ。

「……むぅ」

私はおいしそうに湯気を立てている料理にスプーンを突っ込むと、さっそく口へ運んだ。

メニューはトロトロ卵のオムライスに、シチュー。

これがかなり……おいしい。

特にこの卵の焼き加減ときたら、お店で出てきてもおかしくないだろう。

そしてこの料理を作ったのは、今目の前でせわしなく手元を動かしている年上の男の人だったりするわけなのだ。

「……太郎って何気に女子力高いよね」

料理を存分に味わいつつ、ぼそりと呟く私に太郎は素早く反応した。

「馬鹿を言うなよ。知っているぞ？　セーラー戦士よ。女子力ってあれだろ？　卵がかわいそうだからってオムライスを食べられないアピールしてみたりする、女の子が男を攻略するために設定された、謎の力の事だろう？　俺は断じてそんなものを高くした覚えはないし、卵も食べる」

またずいぶんと偏《かたよ》った知識を披露する太郎に、私はいやいやと首を振った。

「……そうじゃなくて。何ていうかな……この料理とか。……って、さっきから何やってるの？」

「パッチワークだけど？　テーブルクロスにするんだ」

「それ！　そういうのとか！　裁縫得意だし、たまにお菓子も作っているみたいだし！

もっと言うなら家事全般をそつなくこなすそういう感じ！」

私が日ごろから疑問だった彼の異様に高い家事能力全般に対してツッコミを入れると、心持ち腹立たしくも見える、とても不思議そうな顔をされてしまった。

「そりゃ仕方ないだろう。元の世界でもこれぐらいやってたわけだし。母さん、家事が苦手だったんだよ。それに俺だってたまに魔法使って終わらせちゃう事もあるよ？　別におかしくはないだろう？」

おかしいかどうかと聞かれたら、もちろんそんな事は全然ないわけで。むしろ筋《すじ》が通り過ぎていて、反論する気も起きないくらいだった。

私は思わず口ごもる。

「いや……別にどうってわけじゃないんだけど。……なんとなく負けた感じがするかなと」

そして、敗北を認めて呟いた。

思ってたより真面目に返されてしまったが、これは私的にはどうなのだろうか？

世間一般的に女の子は家事が得意であるという風潮《ふうちょう》が、今でも少しくらいは残っていると思っていたのだが……最近はみんな男でも家事くらい出来るものなのだろうか？

戸惑う私に、太郎は真顔で、不思議そうに言ったのだ。

「負けたも何も、セーラー戦士だって一人旅が多いだろうに。料理や洗濯くらいは出来るだろう？」

さらりと指摘された内容は、私にとってあまりにも的確に弱点を突くものだった。

私はやはり押し黙って項垂《うなだ》れる。

「う……それがあんまり」

「は？　じゃあ食事はどうしてるの？」

「携帯食料が……多いかな？　干《ほ》し肉とかチーズとか。町にいる時は宿で食べるし」

「……洗濯は？」

「いつも魔法でだいたい終わらせちゃう……かも？」

「ちょっと待てよ？　あれだけ派手に動いたら、繕《ぬ》いものくらい出来なきゃまずいだろう？」

「や、宿屋の人にやってもらったり。親切な村の人に頼んだり……」

そこまで答えた辺りで、太郎の質問がピタリと止む。

すいすい縫われていたパッチワークの手も止めて、彼は顔を上げ、半眼で私を見据えると、今度こそたぶん気のせいじゃない呆れた顔をする。

「はぁ……もうほんと戦士属性だなぁセーラー戦士は。そのうちセーラー戦士のセーラー部分が消えちゃうんじゃないか？」

「何だよそれ！　女だからって家事全般得意だと思ったら大間違いの幻想だぁ！」

太郎の発言には大声で異を唱《とな》えたのだが、言いたい事はものすごくよくわかって悲嘆《ひたん》にくれる私。

そんな支離滅裂《しりめつれつ》な私に向けられるのは、やはり呆れ顔だ。

「……なら気にする必要なんて欠片もないやん」

「そうなんだけど！　……何かこう……あるだろ？」

「知らないよ」

興味なさそうにきっぱり言った太郎の視線はもうすでにパッチワークに戻っている。

太郎を見る目が恨みがましいものになっているのを自覚しつつ、私は愚かにも自分を慰めるべくつい呟いてしまったのだ。

「……で、でもさ。別に私だけが特別家事が出来ないわけじゃないと思うんだよ……」

残されるのは自己嫌悪だけだとわかっているのに、自分を慰めずにはいられない。

太郎はそんな呟きに、適当な口調で相槌《あいづち》を打つ。

「あー、ねぇ。……さー？　考えた事もなかったけど、うーんどうだろう？」

ちょっとだけ正気に戻り、私は太郎を止めようとする。

「……あのやっぱり無理に考えなくても」

しかしそれは失敗に終わり、太郎の言葉は止まらなかった。

「いや。でもここにいる男性陣は割と器用な奴が多いから結構無難にこなすよ。うん。カワズさんとか何気に世界中の家庭料理とか作れるらしいし。世界って言ってもこっちのだけど」

「世界中⁉　……本当に？」

意外な人物の、思いの他スケールの大きな話を聞いて驚いてしまった。

そう言えばカワズさんは長く生きていると聞いた覚えがあるし、それくらい不思議ではないのかもしれない。

「あー。なんか昔、世界中旅してたんだってさ。その時教えてもらったとか。いつも何だか怪しげな調合とかしてるのは知っているだろ？　そのせいってわけじゃないだろうけど、汁物系は隙《すき》がないな」

理由から得意料理までの流れが地味に嫌だなと思ったが、それは本題とは関係ないのでこの際口に出すべきではないだろう。

しかし、カワズさんが料理上手でも、大きなダメージがあるわけではない。

「……そうなんだ。でもその辺りは私も読んでいたよ。うん、カワズさんは器用そうだ」

むしろ逆に何も出来ない方がおかしい。

年長者が、私みたいな若輩者では及びもつかない特技を持っている可能性は理解している。

予想していた話の内容に落ち着きを取り戻しつつあった私だったが、続いて予想外の名前が出て来てさっそく動揺してしまった。

「まぁそうだよねぇ。次にクマ衛門なんだけど」

「う、うん」

クマ衛門。

ナイトさんと一緒に暮らしている、でっかいクマのようなダークエルフの人だという事は知っている。

異世界出身の私としては、彼をダークエルフと言い切る事に若干の抵抗を感じるが。

むしろあの人はもっと別の、マスコット的な何かだと感じているのはたぶん私だけではあるまい。

しかし、あのずんぐりむっくりした巨大ぬいぐるみみたいな彼に料理が出来るなんて、とても思えなかった。

これは安心だと内心思っていた私だったが、太郎から飛び出した情報は、確実に私の心を裏切ってくれた。

「料理の腕は何気にナンバーワンだったりする。あれは和食の鉄人、略《りゃく》して和鉄《わてつ》だな。古き良き時代の日本食を完全再現するんだよ。何でも先祖からの秘伝らしい。あのでっかい手でどうやっているかは知らないけど、笹《ささ》切りとか飾り切りまでこなすからね。ちょっと薄味だけどすごくおいしい」

「……そんな馬鹿な」

これは……ひょっとすると男性陣には完全敗北ではないだろうか？

途端、心の奥深くに眠っていた感情が目を覚ましてしまった気がする。これを人は焦燥《しょうそう》感《かん》と呼ぶのだろう。

乙女のプライド的な何かが、私の中にもまだ眠っていたみたいだ。

なんて脳裏をよぎったそんな思考を、私はすぐさま振り払った。何も慌てる必要なんてないじゃないか、落ち着こう私。

男と比べて云々、なんて考えがそもそも間違いなんだ。

……同性。

そうだ、同性でも私の行き場のない気持ちに共感してくれる人がいるかもしれないじゃないか。

「そ、それで、他の人は？」

気が付けば私はごくりと生唾を呑み込んで、太郎に続きを促していた。

「そうだなぁ……。ナイトさんとかは――」

何かを思い出すようにぼんやりと宙を見つめている太郎から出た名前に、私は手に汗握る。

彼女はここにいる面子《めんつ》の中で、唯一戦士属性の人だ。

私とも共通する部分がかなりあるため、太郎の言葉に期待してしまうのも致し方ないだろう。

「まぁ、料理に関しては、ワイルドだな。うん、なんかただ焼いただけのものとか多い気がする」

「そ、そうなんだ！」

それこそ、まさしく私が求めていた情報である。

これはと思い、身を乗り出したのも束《つか》の間、私はすぐに座り直す事となった。

「あー。でも朝食にサンドウィッチを作ってきてくれたりするし。たぶん料理が出来ないとかではないかも。単にああいう豪快な料理が好きなんだろうな。うん。あと、掃除はすごくうまい。俺が動けなかった時はいつもより家の中が綺麗だった気がする……記憶はあいまいだけど」

「そう……なんだ」

私は最終防衛ラインを突破され、撃沈《げきちん》した。

ははは、結局私が一番家事技能に乏《とぼ》しいと、そういうわけか。

私はせいぜい、家事という概念について、トンボちゃんあたりとはちみつでも舐めながら愚痴っているのがお似合いなのかもしれない。

そもそも昔からなんとなく男っぽいと言われていたし。中学でも高校でも、フォークダンスは男の子側だったじゃないか。ちなみに高校は女子高である。

いっそ突き抜けてやれと、少しばかり意固地《いこじ》になっていた時だってあった。そんな風に内心落ち込んでいた私に、太郎は追い打ちをかけてくる。

「あーっとそれと――」

……何という事だろう。すでに満身創痍《まんしんそうい》の私にこの仕打ちとは、血も涙もない。

しかし本当の地獄はここからだったのだ。

「後はトンボだな。うん」

思いがけない名前が飛び出して私は慌てて顔を上げた。

まさか比較対象外だと思いこんでいた妖精さんの名前がここで上がるとは、さすがの私も思っていなかったのである。

「ちょ、ちょっと待ってよ。妖精ってご飯食べなくてもいいんだろう？」

「うん。でも、食べなくてもいいだけで食べられないわけじゃないよ。トンボだってたまに食べてるじゃん」

知っているだろう？　と言う太郎の言葉を頼りに記憶を辿ると、物を食べているトンボちゃんの顔が容易に頭に浮かんできた。

及び腰の私は混乱の極みだった。

「そう言えば食べてましたけど……だけど家事なんかはサイズ的に困難と思われますが？」

「なぜ急に敬語になった？　まぁ掃除とか洗濯とかはさすがにね。魔法を使えばどうにかって感じだろうし」

だけど太郎から出た言葉は、何とも願っていた通りのもので、私の心配は杞憂《きゆう》に過ぎなかったようだ。安堵感《あんどかん》が胸いっぱい広がっていくのがわかる。これで私はまだ大丈夫だ。

「だ、だろ！　うん、いくらなんでもトンボちゃんにやらせるのはかわいそうだよ！　私もそうだと思っていたんだ！」

「まぁ、そうかも？」

「だよね！」

テンポよく続く会話のおかげで、私の心は平常心を取り戻しつつあった。

だけど、そんな折、不吉な一言が太郎の口から漏れたのだ。

「だけど……」

「え？」

だけど？　何だというのだろう？

何も言えずにいる私に、太郎はついにトドメをさした。

「トンボはお菓子作りは相当うまいよ。今じゃ教えた俺なんて足元にも及ばないね。自分で飴細工《あめざいく》とか出来るもん、あの妖精」

「……教えちゃったんだ」

「うん」

私は呆然自失で天井を仰ぎ見た。

精神が、暗いどこかに落ちていく。

お菓子作りだって？　なんて女子力の高い事をやっているんだ、あの妖精は……。

対照的に私はホットケーキすら危ういレベルである。というか、元の世界では黒焦《くろこ》げにしてしまった経験が何度も……。

「うう……何て事を！」

残された選択肢など、もはや数えるほどしか残っていない。

気が付くと私は席を立ち、ドアを開けて駆け出していた。

もはや負け犬に言葉はない。今の私には、この敗北を噛み締め、ただ逃げるしかできないのであった。

◇◆◇◆◇

「何だろう……すごくもやもやする」

別に何をされたわけじゃないのに、あまりにも気分が良くない。ただもやもやの原因は私自身が一番よくわかっていた。

「うーん。やっぱり少しくらいは出来ないとまずいかな……料理」

私だって、今まで全くやってこなかったわけじゃない。頻度《ひんど》は少ないが、少しは……やった事がある。家庭科の授業程度だけど。

旅の途中でも最初の内は色々とやってみようと思った。でも、携帯食料をそのまま齧《かじ》った方がまだマシという結論に至ったのだ。

「うーん……何が悪いのかわからないのが問題、なんだよね」

一度、ちゃんと料理が出来る人に教えてもらった方がいいのかもしれないけれど、いったい誰に？

候補として一番習いやすそうなのは、太郎だろう。

こちらの料理を覚えるのもいいが、どうせ習うなら元の世界に戻っても通用する料理を習いたい。

そういう意味では、選択肢は太郎一択に思えた。

「だけど……さっき家から飛び出してきちゃったからなぁ。今更戻って頼むのもばつが悪いかも」

かと言って、今を逃せば言い出す機会が失われてしまう気がする。私は出鱈目《でたらめ》に走って来てしまった妖精郷の森で頭を抱えた。

「やっぱり自己流で頑張ってみるしかないかな？　それでもどうにかなると思うんだけど……」

私が決断を迫られていたその時、偶然にも森の中でもこもこした後ろ姿を見つけた。

「あ……クマ衛門？」

耳の尖ったクマのような外見をしているクマ衛門は、籠《かご》をわきに置いてしゃがみこみ、何かしているみたいだった。その手にはキノコが二つ握られ、一つは捨て一つは籠に入れている。

「……まさか、毒キノコじゃないか選別してる？」

なんと高度な事をしているのだろう。私だってキノコが素人には選別の難しい食べ物だと知っていた。

そして太郎の言葉を思い出す。

『何気にナンバーワンだったりする。あれは和食の鉄人、略して和鉄だな』

クマ衛門は、少なくとも太郎が和食だと断言できる品を作れる事になる。

クマ衛門の後を付けていくと、辿り着いたのは石造りのかまどのある、キャンプに向いてそうな場所だった。

かまどはどうやら彼自身が用意したもののようで、さっそく大きめの石に腰を掛けると、あらかじめ用意していた塩を振って、キノコを焼き始めていた。

手早く柑橘《かんきつ》系の果物を切って準備しているあたり、ますます只者じゃない。

「……決めた」

私は心を決め、隠れるのをやめて立ち上がる。

「あの……クマ衛門?」

「がう!」

話しかけたら、思い切り驚かせてしまったようだ。

クマ衛門はとっさにキノコを隠そうとする。どうやら、誰にも内緒の一人キノコパーティーだったようである。

なんだか悪い事をしてしまったみたいだ。でも私には聞いて欲しい事があった。

「あの、お願いがあるんだけど……。よかったら私に料理を教えてくれないかな?」

「がう?」

頼んだ私を見て、クマ衛門はすごく不思議そうに目をまんまるにしていた。

「がうがう」

事情を話したら、クマ衛門はうんうん頷いてくれた。

焼けたキノコを差し出してきてくれるし、私の言葉をたぶんわかってくれているんだと思う。

……キノコパーティーを見た事への口止め料とかじゃないよね?

通じているのかちょっと不安だったけど、クマ衛門は大きな木の穴から鍋と壺を次々に取り出してきて私の前に並べる。全部で五つ、とても大事そうに持っている壺の中身は調味料のようだった。

よかった、ちゃんと通じたみたいだ。

「ありがとう！　よろしくお願いします！」

「がう！」

私が頭を下げると、まふっと頷いたクマ衛門が毛でふさふさの胸を叩く。

クマ衛門がさっそく作り始めたのは、随分懐かしい匂いのするスープ。

作る前に材料を見せてくれたので、何を作っているのかもだいたいわかっている。

「……これって、やっぱりミソスープだよね？」

「がう」

出汁《だし》を取っていた昆布、味噌も私が地球で慣れ親しんでいたものと同じだった。まさか異世界で日本の発酵食品を使いこなすクマに出会うとは、これはちょっとした感動だ。

「どうしたのそれ……」

「……」

どうしても気になって聞いてみると、クマ衛門は目を細め、無言で何かを訴えてくる。

察せと？　こんなところでそんな物を手に入れられるとすれば、誰が一枚噛んでいるかなんてわかりきった事じゃないかと？　そう言うわけ？

「……わかった。深く考えるのはやめるから」

「がう」

クマ衛門も多くを語らず、鍋を掻き混ぜる事に集中する。

私も集中しよう。手順を追ってゆっくりと作ってくれたのは、キノコのたっぷり入ったミソスープ。

器の中に漂う味噌にキノコの具がプカリと浮いている。それぞれの匂いが絶妙に混じりあい鼻に届くと、濃厚《のうこう》な香りのハーモニーが懐かしい日本の景色を呼び起こす。

「おいしそうだね」

「がう」

私が称賛すると、クマ衛門はムフンと胸を張った。

「じゃあ、今度は私の番だ」

水の入った鍋を見て私はきゅっと唇を引き結ぶ。

手順はしっかり見せてもらった。後は今のを、私なりに形にすればいいわけだ。

とりあえず薪《まき》を放り込んでもうちょっと火力を……。

「がう⁉」

ものすごく素早くクマ衛門から手を掴まれてしまった。

「え？　何？　お湯を沸《わ》かすのにもう少し火力を上げようかなって思っただけなんだけど。

時間かかるの嫌だし」

「がうがう！」

なぜ首を横に振られてしまったのかわからないが、止めた方がいいらしい。

「そう？　ならすぐ調理してみるよ」

基本は知っている。出汁を取り、具を入れて、味噌を入れる。

そのくらいなら私だって出来るはずだ。大抵の材料は揃っているけど、私的にはまだ足りない。

さっそく私は調味料の壺の中身をすべて確認して、白い物を二つ発見、それぞれを舐めてみる。

……うん、こっちだ。

私は片方の壺から一握りの砂糖を……。

「がう⁉」

「え？　ああこれ？　実は私、ポトフが好きなんだ。だからミソスープも玉ねぎとかサツマイモなんかが入った、ちょっと甘めのやつが好きなんだよね。でもここには玉ねぎもサツマイモもないから……甘みを足そうかなって。ほら、出汁って要するに隠し味なんだろ？」

「……」

あれ？　なんだかクマ衛門が頭を抱えている。そしてそのままものすごく捻じれているんだけれど？

「どうしたの？　続きをしたいんだけどな？」

クマ衛門の肩をポンポンと叩いて尋ねてみる。彼は私と調味料との間に入ると、そのまま鍋を持っていってしまった。

「え？　何？　ちょっと待って？　なんで片付けちゃうの？」

「……がうがう」

両手を前に出して私に「ちょっと待ってくれ」みたいなジェスチャーをするクマ衛門。

何がダメだったんだろう？　絶対おいしくなると思ったんだけど。

「……おいしんだよ？　甘いミソスープ。ほんとだよ？」

「がう」

何故だかその「がう」は、そこは疑っていないと言われている気がした。

クマ衛門はそそくさと調味料の壺を元の場所にしまい、今度はフライパンを持ってくる。

そしてどこかに走って行って、両手いっぱいに卵を持って戻って来たのだ。

「それって卵？　なんで卵なのさ？」

「がう」

一声吼えた後、クマ衛門はフライパンを火にかけ、かぱっと卵を割り入れる。

出来上がったのは綺麗な半熟の目玉焼きだ。

「がう」

クマ衛門がフライパンを指差す。

「それって……ミソスープを諦めて目玉焼きを作れって……意味？」

「がう！」

クマ衛門が力強く頷く。

「なんで！　大丈夫だってば！」

これは屈辱《くつじょく》である。私は何とかもう一度チャンスをもらおうとクマ衛門に詰め寄る。彼はものすごく焦って手足をばたつかせていたけれど、指を立てて私を押しとどめた。

「……何？」

「がうがう」

クマ衛門は、またフライパンを温め、今度は卵を掻き混ぜてから、フライパンに投入。ぐしゃぐしゃとかきまぜて出来上がったのはスクランブルエッグ。更に今度は調味料を足して、数回に分けて溶《と》き卵を入れながらくるくると巻いていく。卵焼きの出来上がりだ。

そこまでやって見せてもらって、私もクマ衛門の意図がようやくわかってきた。

「……料理が出来るように見えるね」

「がう！」

その通り！　とでも言いたげに、クマ衛門は何度も大きく頷いていた。卵を制する者は料理を制すのか……そう言えば私も、太郎の作ったオムライスの卵に感心したんだった。

それにこれならちょっと練習すれば出来る気がする。結局は少しでも料理が出来る事を証明すればいいわけだ。醜態をさらした手前、フォローも出来るだけ早いと傷は浅い。

「……よし、その案に乗ってみるよ！」

私はそう決めて、ガシリと残りの卵を受け取ったのだ。

◇◆◇◆◇

後日、大量の材料を携《たずさ》えたセーラー戦士が太郎の元に突撃し、卵焼きを振る舞ったらしい。しかし、自分の分にカラが入っていたらしく自爆していたのは、妖精郷の住人達の中でちょっとした笑い話となっている。

クマ衛門の倉庫整理

拙者《せっしゃ》達の住むツリーハウス、最上階の倉庫にはナイトさんや拙者に送られた様々な装備が保管されている。

これを作った者達に言わせれば、真心、夢、ロマンが詰まったプレゼントであるとか。

確かに、言わんとしている事はわかるでござるが。……しかし、物には限度があると思うのでござる。節度《せつど》だって夢やロマンに負けず劣らず大切な物ではあるまいか？　そう考えずにはいられない。

「これは……改めて見ると壮観だな」

「がう」

ナイトさんの言葉に、拙者も大いに同感でござった。

……申し遅れた。拙者、こちらの大樹の家に間借りしているダークエルフで、父は獣人、母はエルフ、我が主君タロー殿からいただいた名は『クマ衛門』。以後、お見知り置きを。

拙者達が何をやっているかと言うと、有《あ》り体《てい》に言えば倉庫の片づけ、いわば掃除でござる。エプロンに三角巾《さんかくきん》。いつもは少々無骨な得物も、今日ははたきと箒《ほうき》にござる。

自分で言うのも恥ずかしいのでござるが、拙者の見てくれはクマ要素が前面に押し出されている関係上、ダークエルフとは言い難《がた》いのでござる。毛むくじゃらで体も大きく、着る服も少ないのでエプロンをいただけたのは助かった。毛に埃《ほこり》が絡まるとなかなか取れないんでござるよ。

拙者は見ての通りやる気満々なのでござるが、なかなか掃除が始まらないのは、今更ながら相棒《あいぼう》が事の重大さに押し潰されそうになっているからでござった。

「がう……」

相棒の肩を叩いて励《はげ》ましてみたが、効果はあまりのうござる。

彼女は『ナイトさん』。拙者と同じダークエルフの女性でござる。もっとも、同じと言ってもナイトさんはエルフと人間のハーフで、とても綺麗な人型でござるけどね。

最近では拙者同様、タロー殿に与えられた名前『ナイトさん』の方が通りが良いので、拙者も僭越《せんえつ》ながらこの呼び名を使わせていただいているのでござる。やはり主君に与えられた名は大切にせねばならんでござるし。

「がう！（ナイトさん、気にしたら負けにござるよ！）」

まぁ……彼女には拙者の言葉は伝わらないんでござるけど。

彼女は苦々しげな表情で冷や汗を掻きながら、絞り出すような声で嘆く。

「重い……あまりにもこれは重すぎるのだ」

「がう（そうでござるなぁ）」

いやはや、まったくその通りでござる。

ナイトさんが悩むのも仕方がないでござろう。ここにある装備の数々は、主に彼女のために造られたものばかりなんでござるから。

このナイトさん、どうやらドワーフの村でやらかしたらしく、ドワーフのファンを大勢作って帰って来たのでござるよ。

偏屈で有名な彼らからなぜそんなに気に入られたのか、拙者ものすごく知りたいでござるが、ナイトさんは頑なに理由を教えてくれないのでござる。ケチでござるな。

その上、タロー殿はそのとんでもない魔法の力で、ドワーフと物品のやり取りまで始めたものだから、結果的に彼女への贈り物で倉庫の中が大変な事態になってしまったのでござるよ。

一口に武器や防具といっても、普通の感性からしたら安い物ではござらん。ましてやドワーフ製の装備ともなると、戦士ならば魂と引き換えにしてでも手に入れたいと思う者も少なからずいるはずでござる。

そんな代物がまるでゴミのように積み重なっているのだから、この空間はどこかおかしいでござる。

そんなわけで送られてくる武器や防具の整理がてら、一度改めて確認しておこうという話になったのでござるが……倉庫の中に雑多《ざった》と存在する、あまりにも豪勢《ごうせい》な品の数々を前にして、ついにナイトさんの麻痺《まひ》していた普通の感性がふと蘇ってしまったといったところでござろう。

なんとなく一緒になって驚いてみたでござるが、実は拙者はそんなでもないんでござるけど。

「がうがう（まぁ、我が主君ならではと言ったところでござるかな）」

ま、拙者の物というわけではないでござるし、気楽なもんでござるよ。

だけど相棒も困っているし、掃除も始めないとまずい。

拙者は、こんな事もあろうかと用意していたものを披露したわけでござる。

懐からするりと取り出だしたるは、愛用の筆筒《ふでつつ》。そして大きな巻物。

筆筒の中に入っているのは当然筆でござるが、これは特別製でござる。

なんと、いつまでも字が書けるという不思議な筆で、拙者がタロー殿にお願いして作ってもらったものなのでござるよ！　我が主君は、何とも太っ腹《ふとっぱら》な御方で、こういう日用品の類は頼めば気前よく用意してくれるのでござる。ナイトさんはお手を煩《わずら》わせたくはないと滅多にお願いをしないので、もっぱら便利な物を作ってもらうのは拙者なのでござるよ。

タロー殿はナイトさんが頼んだ方が喜ぶと思うのでござるがなぁ……これを言うとナイトさんに怒られそうなので黙っておくでござる。

……まぁどうせ通じないんでござるが。

おっと、話が逸れてしまったでござるな。

拙者が取り出した巻物には、びっしりと品物の名前と番号が書いてござった。

言うなれば目録《もくろく》にござる。いつか整理する日が来るだろうと、運びこまれる度にマメに番号札をつけ、効果と名前を記していたのでござる。ようやく拙者が掃除を始めた事に気が付いたのか、それまで青い顔でボーッとしていたナイトさんが、興味深そうに拙者の目録を覗き込んで来たのでござる。

「クマ、お前そんな物を作っていたのか。しかし、これは……」

「がう（まぁ、変な物ばかりでござるよなぁ）」

目録を見れば言いたい事はたくさんあるでござろう。むしろ、文字にして効果や名前を示した方が、ツッコミ所は多いのでござるし。

しかし、ナイトさんはそれ以上何か言う事もなく、どこか穏やかな表情でござった。

「……あまり気にしていても仕方がないか。掃除をしよう」

「ががう（その通りでござる）」

ナイトさんも細かい事は気にしないという、妖精郷で生活する上で大切な教訓を思い出したようでござるし、拙者達はそれぞれ掃除を開始したのでござるよ。

ただ始めてしまうと出てくるわ出てくるわ、魔法を反射する盾やら、空を自在に走り回れる靴やら、とんでもない代物ばかり。

変わり種《だね》なら、超人的な能力を手に入れられるマスクとか、相手の動きを止めるラッパ、自在に形を変える鎧なんてものもあったでござるよ。

やや？　これは『危険な水着』でござるか……ただの紐《ひも》ではござらんか？

ふむ……タロー殿作ではござらんな。こんな物をナイトさんに渡す度胸《どきょう》をあのお方がお持ちとは考えられぬ。女王様辺りが怪しいでござろうか？

どうやらプレゼントを作る側にも少々暴走している者がいるようでござるな。

あらぬ誤解が生まれぬよう、ポイするでござるよ。

しかし、こうやって整頓《せいとん》してみると、タロー殿の優しい性格が滲み出ていると言った所でござろうか？　武器はあまりなく、防具の類が充実している。ナイトさんの安全を第一に考えていらっしゃるのでござるな。そしてそれ以上に変な効果の物が多いのもまた、彼の人柄なのは間違いないでござる。

節操《せっそう》なく作られたこれらの整理はなかなか大変でござったが、拙者としてはかなり楽しいものでござった。

ただしナイトさんの方は破天荒《はてんこう》な装備の数々を整理する中で、新しい結論が生まれた様でござる。

「思ったんだが……ここにある物はすべて、実はタロー殿の宝物で、私達はその管理をただ任されただけと、この際そう考えた方がいいのではないだろうか？」

自分に都合のいい理由をでっちあげたみたいでござるが……しかしそれはどうでござろう？

「がうがう（そう思いたいのはわかるでござるけど。こういう物もあるでござるし）」

拙者は山の中から比較的上の方にあったある物を、ナイトさんに見せてみたでござるよ。

拙者の手には極端に面積の少ない鎧が。こいつはナイトさんが海に持っていったビキニアーマーというやつでござるな。ヒュー、セクシー!

しかし場を和ませようとした拙者は失敗してしまったのでござる。

「それは……奥の方にしまっておいてくれ、出来る限り表に出ないように」

「……がう(すみませんでした)」

おおっと、殺気がすごい。

命の惜しい拙者はそっと鎧を元あった場所に戻し、迅速《じんそく》に頷いたでござる。

アレは獲物を狙う目でござったな。危ない。

どうやら彼女的に思い出したくない記憶だったようでござる。

なぜでござるかね? 拙者も行きたかったでござるけどなぁ、海。

「これを普通に着こなす自信はないな。水場限定……という事にしておいてくれ」

「がうがうがう――(いやいや……貴殿ならいつ着ても大丈夫だと――)」

「……何か言ったか?」

「がう……(いえ別に)」

まったく、こんな破廉恥《はれんち》なものを作るとは、タロー殿も困ったものでござるね! 仕方がないでござるなぁ!

……冗談はこのくらいにして、始まってしまえばナイトさんも生真面目な方なので、掃除は順調でござった。

目録を見ながら埃を払い、整頓して収納する。幸いこの倉庫はタロー殿の特別製、好きなように部屋の広さを調節できる不思議な魔法のおかげで、整頓場所には事欠《ことか》かないのでござる。

「これは……どんな効果だったかな？」

そんな時、ナイトさんが手に持った大きなハンドベルを見せながら話しかけてきたでござる。

ナイトさんの持つ黄金色のベルは不思議な光沢《こうたく》を宿《やど》していた。間違いなく魔法金属で出来ており、きっとこれ一つだけでも城が建つほどの価値があるでござろう……。

「がう……（ちょっと待つでござる）」

目録を確認してみると、どうやら手に持って大きく七回鳴らすと理想の執事《しつじ》が望むだけ現れて、身の回りの世話をしてくれるらしい。ただし、呼び出せるのは男の執事限定でござるが。

うむむ……さすが女性を意識した装備、魔法の効果も女性専用にござるな。

どんな荒《あ》れ地であろうと、どこからともなくおいしいお菓子と紅茶を用意して最高級のティータイムを……とあるでござる。

どんな反応が返ってくるかと、巻物を広げてナイトさんにその項目を見せてみたのでござるが、あまり反応は良くなかったでござる。

「……便利ではあるが、食事くらい自分で用意すればいいのではないかな?」

「がうがう!（ちょっとずれてる気がするでござるが、それでこそナイトさんでござる!）」

「まぁ細かい事を気にしだしたらきりがない。全部魔法の品だからな。取り扱いも慎重にいこう」

「がうがう（同感にござる）」

まぁ、調子が出て来たようで何よりでござるよ。

おっしゃる通り、ここにある物すべてに魔法がかけられているのは確実でござる。取り扱いには細心の注意を払わねば。常識が一切通用しないでござるからな、さっきのベルだって不用意に鳴らせば執事まみれでござるよ?

拙者も負けずに頑張らねばと作業を進めていると、白い紙で出来た箱が目についた。

今度は拙者にも見覚えがなく、ふたを開けて中身を確認してみる。すると中に入っていたのは布の服でござった。箱の中には他にも何着か入っているようで、その形状は見慣れぬ物でござった。

「がうがう!（これはなんでござるかな!）」

拙者は、別の場所で整頓していたナイトさんを呼ぶ。彼女はその服を見るなりあっと声を漏らす。どうやら心当たりがあるみたいでござる。

「これか……これはタロー殿から頂いた物だ。確か『とれーにんぐうぇあ』にでも使ってくれと言っていたが、どうにも着なれなかったものだから、まだ使っていないんだ」

「がう？（それはまたどうして？）」

少し気まずそうなナイトさん。

確かに彼女の背丈《せたけ》を考えると小さめに見えるが、よく伸びるし通気性もよさそうでござるけど？

少し布地の面積は少なめでござるが、このくらいならむしろ健康的にござろう。

そう言えば、確かこれに似たものをタロー殿が持っていたでござる。

あのお方は時折、健康のためとよくわからない事を言って、この辺りを走っている事があるでござるけど、その時の衣装がこれに似ているんでござるな。

Tシャツでござったか？　実に動きやすそうな着物でござる。しかしナイトさんに送られたものと差異《さい》があるとすれば、Tシャツに袖《そで》がないのと、下に履《は》く物でござろう。さっき見つけた服は、もっとピチッとしそうなものにござった。

ジャージに似た形状のツルツルした素材の服も上下揃えて入っていたでござるが、こっちはなんでござろう？　拙者の疑問が表情を通して伝わったのか、ナイトさんが解説してくれる。

「これは『たんくとっぷ』と『すぱっつ』と呼ぶらしい。こっちは『すぽーつぶら』と『てぃーしゃつ』だったかな？　寒い時用に『ういんどぶれいかー』も用意したと言っていたが……さっぱりわからない。だが、向こうの世界では運動の時は皆、これを着ているという話だ」

やはり色々と詰まっていたようでござるが、最初の衣装を見て拙者、確信したのでござるよ！

この服をナイトさんに送ったという事はすなわち――タロー殿の趣味にござるな！

しかしナイトさんは異界のちょっと見慣れない衣装に抵抗を感じている様子……ここは一つ、拙者がひと肌脱ごうではないか！

拙者は再び真っ白な巻物を取り出すと、勢いよく筆を走らせた。そして大きくナイトさんにもわかる言葉でこう書いたのでござる。

『真心』

ちょっときりっと表情を引き締めるのがミソでござる。

ナイトさんはハッとして、口元に手を当て何かを察してくれたようでござった。

「ま、真心か……そうだな。その通りだ。せっかくいただいた物だし、使ってみることにしよう」

「がう！　（そうするのがよろしいかと！）」

作戦は成功か……拙者は実にいい仕事をしたと額の汗をぬぐった。

ふぅ、世話の焼ける主君にござるな、まったくもう。

「この服にも魔法がかけられているらしい。なんでも汗の臭いが全くなくなるのだそうだ。それにこれを身に着けていると喉《のど》が渇《かわ》かなくなって、常に喉が潤《うるお》っている状態を保てるのだとか。ふむ、訓練もだが……考えてみればこいつを鎧の下に着ておくのもいいかもしれん」

……あれ？　思ったよりもまともな魔法でござるな？　ひょっとして本当に真心でござったか？

まぁ……どちらにしても損はなし、問題なしでござろう。

さて、いつも使っていない装備や衣装、小物は整頓出来てきた事だし、そろそろナイトさんが日頃愛用している大物を整理していくとするでござる。

やはり一番目を引くのは、使用頻度が高いこれでござろう。

ナイトさんも雑巾を片手に磨き始めているようでござるし、鼻歌交じりな所を見ると気に入っているのは明らかにござる。

「こいつにはいつも世話になっているからな、一番目立つところに置いておこう」

「がうがう（そうでござるな）」

それは鎧の上から着る鎧というなんとも不可思議な代物で、通常の鎧の上にそのまま追加の装甲として装着するのでござる。

外観はとても厳《いか》つく、防御力は見た目通り。いや見た目以上でござろう。

常人なら着て歩く事など出来るはずもない重量を誇っているのでござるが、背面に魔力を噴き出す加速装置がついているのでござる。鎧の持つ重厚さのおかげで、まるで城塞が高速で迫ってくるような迫力にござる。

だがその性能ゆえ、使いこなすには相当の訓練が必要なのでござるよ。

ナイトさんもこれの扱いには相当苦労したのか、感慨深げでござった。

「……このじゃじゃ馬の突進力は並ではないからな」

「がうがうがう（まぁナイトさんには、問題ないようでござるが）」

拙者もこれをナイトさんがもらった時の事を思い出す。しかし手放しでそれを褒める気にはなれなかったのでござるよ。

彼女は何といえばいいか……ものすごく修業好きなのでござる。

のめり込むとモノにするまで続けてしまう。度が過ぎると言えばいいのか……極めにいくでござるからなぁ。

あの鎧にも慣れが相当必要で、最初の頃、ナイトさんはあの鎧を付けたままその辺りの木を的《まと》にして連日体当たりし続けていたんでござる。……その被害に遭《あ》った大樹《たいじゅ》は、一本や二本ではすまんでござろう。

「やはり装甲が厚い物の方が私の性《しょう》に合っているんだ。どうにも軽装は重みを感じられなくて落ち着かない」

ふむ、やっぱり豪快なのが好きなんでござるな。道理で生き生きしてござった。

「その点で言えば、こいつは私のお勧めだ」

自分のお気に入りという事もあって、ナイトさんは饒舌《じょうぜつ》でござる。

しかし何を取り出したかと思えば、それは異様に巨大な大剣で、こんな物で斬るとなると枝《えだ》どころか幹《みき》まで一太刀《ひとたち》で両断できそうな金属の塊だったのでござる。

「通称『魔獣殺し』だ。大型の魔獣でも容易く両断できる。付与されている魔法で筋力の補助もしてくれるらしくてな、おそらくエルフの里にいた時に使っていた壊れてしまった前の武器を参考に作ってくれたのだろうと思うのだが……クマでも使えるかもしれないぞ？」

なるほど。確かに方向性は似ているでござるね。でも拙者、たぶん使えないでござる。振り回せたとしてもそんな馬鹿でかい剣をちゃんと当てられる気がしないでござるよ。だから拙者は「どうだやってみるか？」と笑顔のナイトさんに、右手をそっと差し出して首を横に振っておいたでござる。

「そうか？　カッコイイと思うんだが……使いたければ使ってもいいんだぞ？」

「がうがう（いえいえ、遠慮するでござる）」

「いらないのか？　クマもパワーはなかなかのものだから大丈夫だと思うんだが……」

何でそんなにお勧めしてくるのでござるか!?

それでも頑なにお断りすると、ナイトさんは名残惜《なごり》しそうながらも諦めてくれたようでござった。

そんなに気に入っているなら、そのうちナイトさんも自分で使う事があるでござろう。

まぁナイトさん、そんなに気にしなくていいでござるよ？　実は拙者にはとっておきがあるんでござる。

ナイトさんにもまだ秘密でござるが……実は拙者、タロー殿と専用装備の開発に乗り出しているのでござる！

主題は我が故郷に伝わる秘伝の武具なのでござるが、絵を描いて図面に起こしてみた所、なんと！　タロー殿には心当たりがあると言うのでござるよ！

大本《おおもと》を作り出す本人が、希望の装備一式をイメージ出来るのはすごく心強いでござろう？　実際後は注文するだけにござったが……しかしドワーフ達に尋ねてみると、鎧はともかく武器の方はすいぶん特殊な物のようで、彼らの腕をもってしても再現にはかなり時間がかかるとの事でござった。

タロー殿は変な部分で凝り性でござるからなぁ……。

そう言えば、件《くだん》のビキニアーマーの時も、あの露出度《ろしゅつど》に無理矢理意味を持たせるためとか言って、付与する魔法にも妙にこだわっていたでござるし。そんなに着てほしいなら素直に頼めばいいでござるのに。きっとタロー殿のお言葉なら、ナイトさんも着てくれるはずでござるよ。たぶん。

「……クマ。前々から言っておこうと思っていたんだが、お前は妙な事を考えている時は必ず髭《ひげ》が動いているぞ。気を付けた方がいい」

「がう⁉　（なんと⁉）」

え？　ホントでござるか！　勘弁してほしいでござるよ！　そんなの知らなかったでござる！

ハッとして髭を押さえてしまった。だがジト目のナイトさんを見て、ハメられた事に気が付いたでござる。ぬかった！　一生の不覚！

「……後で訓練に付き合ってもらうぞ」

「がう！　（本気でござるか！）」

「なんだ？　何か不満でもあるか？」

「がう……（いえ、別に）」

しかし……ナイトさんの訓練、アレは拷問《ごうもん》でござるよ？　拙者、体の丈夫さには自信あるんでござるが、ちょっとついていけないくらいなのでござる。

その訓練の苛烈《かれつ》さたるや、何度死後の世界を垣間見《かいまみ》たか知れぬほど。

最初の頃は無理してでも張り合おうとしていた拙者も、今では悟りを開いたでござる。

世の中には出来ない事もあるさ、と。

なんだか嫌な流れになりそうだと踏んだ拙者は、ナイトさんが好みそうな話題に話を変えようとしたのでござる。

でも拙者の言葉はナイトさんには理解されない……コメカミを揉《も》みながら悩みに悩んだ拙者は、ついに突破口《とっぱこう》を見つけて、指差したのでござるよ。

それは、つい最近届いたばかりの武具でござった。見ただけで特別な物だとわかる逸品でござる。

「がう？　がうがう！　（あれ？　見慣れないものがあるでござるな！）」

すると指摘した途端、ナイトさんの耳がぴくぴくと揺れたのでござる。

ここだけの話、ナイトさんは結構耳に感情が出るのでござるよ。

「ん？　ああ、気付かれてしまったか。実はこれは私が頼んで作ってもらったモノなんだ」

「がうがう！　（おや、珍しい！　それは大きな進歩でござるな！）」

「フッフッフッ。タロー殿がおかしくなっていた時の護衛の功績で、武器と鎧を下賜《かし》していただいたのだ」

しかしそう言った彼女に拙者は思ったのでござる。それはたぶん違うんじゃなかろうかと？

タロー殿の事だ、迷惑をかけたお詫《わ》びとして何かナイトさんが喜ぶ物をあげたかったというだけでござろう。

それをナイトさんが自分の都合がいいように脳内変換してしまった……のでござろうか？

慣れてしまうとこういう事もあるのだなぁと思いつつ。まぁ本人的には役に立てて褒美《ほうび》をもらえる形式の方がうれしいのだろうなぁと……殊更《ことさら》残念な気分だったでござる。

「ん？　どうした？　いつも以上に優しい目をしているぞ？　クマ？」

「がうがうがう（何でもないのでござる）」

何にせよ、要望が叶られてよかったでござるな、ナイトさん。

タロー殿もそれに十二分に応えてくれたようで、実に家臣思いで拙者も仕え甲斐があるというものでござる。

ナイトさんの子供のような視線を見れば、どれだけ期待に応えたかなど明白にござった。

「これは素晴らしい――まさに騎士のために存在するような鎧だ。そうは思わないか？」

「がうがう（そうでござるなぁ）」

「これだけは私のだからな？　絶対にやらんぞ？」

「がうがう（わかっているでござるよ）」

ナイトさんが冗談を言うなんてかなり珍しいでござる。

確かに、白い装甲がとても美しい逸品でござった。

純白の鎧には金の細工があしらわれているが、決しておふざけが入った形状ではない。

あまりにも繊細《せんさい》な鎧の完成度は、もはや芸術でござる。

そして極め付けが、鎧に寄り添うように置かれた、鏡のように磨き上げられた刀身を持つ剣でござる。式典があったとしてもそのまま使えそうな装備は、まさに職人技の結晶と言っていい品に見えたでござる。

鎧の板金はドワーフでござろう。更に細かい細工は妖精でござるな。

細部に使われている布地はエルフ製と……まさにネットワークの集大成という感じでござる。

ちなみに拙者もパソコンは愛用しているのでござるよ。

まぁ何と言うか……普通にこれが注文出来るのはタロー殿くらいでござろうが。

主君は必要な素材をいくらでも提供するので、職人受けがいいのでござる。

そんな風に出来上がった鎧を改めて見て、ナイトさんは興奮して目が離せないようでござった。

「これは私の憧れそのものなんだ！　その……タロー殿にかけてもらった魔法も常識の範囲内だぞ？　あの方の魔法だから面白いものではあるが……それでも私の願いを聞き届けてくれたのだ」

「がうがう（それはよかったでござるな）」

鎧が憧れそのものだと言うのなら、やはりタロー殿は粋《いき》な計らいをするものでござる。

そして、珍しく隠す事もせず嬉しそうに表情を崩しているナイトさんからはすっかり怒りは消えていたのでござるよ。

拙者はこっそり息を吐いてほっとしていたでござる。どうやら、九死に一生を得たようにござった。

「さて、それではクマ、掃除を続けよう」

「がう（心得た）」

「ああ、だが長引いても訓練には付き合ってもらうぞ？」

「がう……」

拙者は絶望を噛みしめ、この思いを、誰にも伝わらない一言に込めるのでござる。

番外編その二　鎧さんは見た

CHAT ROOM

――クイーン さんがログインしました――
――匠 さんがログインしました――
――薔薇の君 さんがログインしました――
――マオちゃん さんがログインしました―

マオちゃん
いつか聞こうと思ってたんだけど、
マジカルトンボちゃんの服って
たしかここにいる人の仕業なのよね？

クイーン
マジカル☆トンボちゃんセットですね。わかりますw

匠
マジカル☆トンボちゃんだな

薔薇の君
間違いないね。マジカル☆トンボちゃんだね

マオちゃん
ああ☆！　間に☆を付けるのは決まりなの？
かわいいわねw

クイーン
なくてはならない要素ですとも☆

マオちゃん
ですよねw
それでマジカル☆トンボちゃんセットなんだけど、
クイーンさんがデザインしたのよね？

CHAT ROOM

クイーン
そうだよ！　デザインは私！　ここ重要（=ω=）

マオちゃん
小物のデザインもクイーンさん？

クイーン
そだよー＼(^ワ^)/

薔薇の君
素材のいくつかは僕達も提供したんですよ。
あの生地はエルフの特産品で
ミスリルの糸が織り込まれているやつですし

マオちゃん
ホントに！　よく手に入れたねー！
エルフってそういう事に厳しそうなのに！

薔薇の君
そんな事ないよ！　友達には親切だよ！
ちょっと仲良くなるまでが大変だけどね！

匠
金属部分はこっち担当だった

マオちゃん
金属部分って……まさかあの剣とか？

CHAT ROOM

匠

……そうだよ

薔薇の君

マオちゃんさんダメダメ、それ禁句だから！

クイーン

そうですぞｗｗｗ

マオちゃん

え？　なんで？　あの剣すごかったじゃない

匠

そうなんだけど……あの剣はそのままでも十分
すごかったんだ。引き抜くと七色に輝く刀身とかも
見どころの一つだったのに抜いた時には勝ってるって……
それ刀身見えないじゃないですか

マオちゃん

ああ。そういえばそうね

匠

言ってたことは嘘じゃなかった。
最高の仕事に応えるために最高の魔法をかけるって……
しかしものには限度があると思わないだろうか？

クイーン

はいはい、落ち込まない落ち込まないｗ

CHAT ROOM

薔薇の君
あの剣は間違いなく世界最強の魔剣だよ（^o^）

匠
そうなんだけど……納得いかないのです

マオちゃん
綺麗な剣だったわよ？　かわいかったし。
……そういえばマジカル☆トンボちゃんの話なんて
スケさんが喜びそうなのに今日は来てないね？

クイーン
あー今日はねー

薔薇の君
今日は来ないみたいだよ、何か用事があるんだって

クイーン
あ、聞いてたんだ……それはよかったです（´∀｀）

マオちゃん
え？　なに？　なにかあるの？

クイーン
別にー何もないよー（＝∀＝）

CHAT ROOM

薔薇の君

また何かコソコソ計画してるんでしょ。
クイーンさんは手広くやってるからなぁ

クイーン

人聞きが悪い。ちょっと夢を与えただけだよー

マオちゃん

まさか今回もマジカル☆トンボちゃんみたいな事をやってるんじゃ？

クイーン

人聞きが悪い。
あんなに悪ふざけはしてないし！（＃゜Д゜）

薔薇の君

でも実はトンボちゃんの時だって
クイーンさんはあんまり大した事してないんだよね。
得意分野で好き勝手しただけって感じ？

匠

それだけでも十分凶悪な気はするけどな！
まあなんだかんだ言って楽しかったし、
最近造る物が今まで以上に凝ってるから
身内にも好評なんだぜ！

クイーン

そうですぞ！
それにマジカル☆トンボちゃんは全然悪くない。
特にあの可愛さは正義

マオちゃん

それは完全に同意ですねw

CHAT ROOM

薔薇の君
僕のとこでも衣装は好評だったよ！
次のための新素材の研究も一部では噂されてるし

マオちゃん
次があるのねw　その時はぜひ私も参加したいわ！
でも聞いてるとやっぱりみんな本格的にやってるわよね？
お祭りみたいな雰囲気なのに

クイーン
そだよー＾－＾

マオちゃん
なのになんでトンボちゃんがあんなに面白い事に
なっちゃったの？

クイーン
それはまぁおのおのベストを尽くした結果と言いますか、
元はといえばですね……あ、ちょっと待って

――タロイモ さんがログインしました――

タロイモ
ども！　タロイモっす！　こんにちは＾＾

クイーン
だいたいこいつのせいですw

薔薇の君
だよねー困ったものだよ

CHAT ROOM

マオちゃん

そうだと思ったけど

タロイモ

え！　なに!?　いきなりひどくない!?

「そうよねぇ……だいたいこいつのせいよねぇ」

フフフと漏れ出そうになる笑いを私はどうにか抑える。

私はお気に入りの白い髪を掻き上げると最近の夜更《よふ》かしのおかげで、髪がずいぶんと傷《いた》んでいる事に気が付いた。

ちょっと、コレに夢中になりすぎてしまったかもしれない。

私は改めて、画面の向こうにいるであろう誰かさん達の事を考え、苦笑した。

彼らはどうにもノリが軽い。けれど、それがここでの彼らのやり方なんでしょう。

どこの誰だか知りもしないのにこうして話しているのがすでに奇妙だが、だからこそ都合がいい。

「対面してこんな風に話をしようとしたら、思った以上に難しいから……面白いのよね」

まったく珍妙《ちんみょう》な物を作ったものだと、魔王である私は思う。

改めて名乗るほどの者ではないが、私は魔王と呼ばれている。魔族という集まりの頂点に位置する存在だ。

配下には血の気が多い子達が多いものだから、その代表たる私はきっと、多くの種族に恐れられているだろう。

それは、魔族の内部ですら例外ではない。

——魔王。

その名はあまりにも有名で、ほとんど恐怖と同義の名前だった。

もっとも、魔族すべてを自在に指図《さしず》出来るわけではないのだけれど、敬意を払われる存在ではある。

そんな私が他者と楽しくおしゃべりなど、普通に考えれば難しいのが当たり前だろう。

だというのに私が眺める画面には、顔も知らない誰かさん達からの気取らないメッセージが表示されている。あの奇妙な魔法使いからもらった、パソコンとかいう道具——。

その中の『インターネット』と呼ばれている機能を、私は今使用している。

見ている画面は、さらにその中の『チャット』というものだ。

「……まぁ、面白いわよね」

私は、素直にそれを認めた。

独特のルールに慣れは必要だが、この空間ならば、誰もが恐れる魔王様もただの一個人に早変《はやが》わり。魔王という立場を全く気にせず、自由に話せる貴重な場所を手に入れる事が出来る。

ただ私は同時に、よく集まるメンバーを見て、こうも思ってしまった。

「……ここにいるみんなも、どこかの誰かなわけよね？　一体どこの誰なのか興味はあるけど、それを追及するのは無粋《ぶすい》というか、マナー違反なのよねー」

知らなければ興味もなかっただろう。何とも歯がゆいジレンマだった。

基本的に使い手の秘密が守られているからこそ、これだけみんな好き勝手やっている。容易く壊せる雰囲気ではないし、壊したくない。

魔王は基本的に自身の住む魔王城の外へ出られないので、パソコンはかなり役立つのだ。パソコンは会話だけではなく、映像や音楽なども簡単にやり取りが出来る。やろうと思えば買い物や物々交換まで可能とする。

まだ規模としては小さい事はわかっているし、うっかり素性《すじょう》をばらしてしまえばこれらの利点も失われかねない。

「でもやっぱり……実際に会って話してみたくなるわよねー。巧妙《こうみょう》だわぁ」

思わず独り言を漏らすくらいには、気持ちを持て余し気味なのだった。

そもそもなぜ魔王は外出を制限されているのか？　それは魔王城自体がある魔法を使うための魔法装置であり、私自身がその魔法の魔力供給源だという、秘密の事情があるからだ。

使用している魔法は、魔獣に魔族を襲わせないようにするためのものである。

効果は弱いものの、有効範囲は世界全体、そんな規模の大魔法を使える者など限られる。

私が不在となっても、すぐに魔法の効果が切れるわけではないが、持って二、三日だろう。その程度の期間で行き来できる場所に、会いたい人物達がいるとは思えなかった。

不測の事態を考えれば魔法を常に使える位置にいるのが望ましいだろうし。出来る限り城にいた方がいいに決まっているわけだ。

「そもそも……魔王が出かければ、従者として誰かがくっついてくるでしょうし。トラブルを売って歩いてるようなものよねぇ。ホント面倒だわぁ」

こんな風に出かけられない理由は沢山《たくさん》ある。それでも無理を押して出かけたいのは、これまたチャットで聞いた情報がきっかけだった。

最近特に仲がいいのはクイーンさん。彼女？　のブログはいつも拝見《はいけん》させてもらっている。メールのやり取りも頻繁にしていて、掲示板では己の作品を見せ合い、論争《ろんそう》を繰り広げる事もしばしばだ。

そんな友人の話を聞く限り、チャットメンバーの中では実際に会って一緒に何かをしている人もいるみたいなのだ。

そりゃあまぁ？　作った物は送る事も出来るわけだし？　もちろん別に会わなきゃいけないって事もないんだけど……やっぱり直接お話ししたいじゃない？

「あーもう、何だかチャットのみんなはすごく楽しそうなのよー。私も混ぜてくれないかしらー」

独り言《ひとごと》は止まらない。

私もみんなでお気に入りの服を持ち寄って、肌触《はだざわ》りや、質感について直に対面して熱く語り合いたい。それが今のささやかな願望である。

「クイーンさんはタローちゃんとも知り合いみたいだしー。今度話に聞いた異世界のキモノを取り寄せてもらうって言ってたしー。あー私も行きたいなー」

私は体を起こし、すっかり慣れたマウスの操作をしながら唸る。

「ダメでしょうけどね、はいはいわかっていますとも」

独り言に次ぐ独り言、これはなんだか癖《くせ》になりそう。

「……やっぱり、諦めきれない」

どうやら私にも、チャット仲間のお気楽な思考が移ってきてしまっているようだ。

あいつらはどこまでも適当である。だからというわけではないが、ふと、外出出来ない事が前提で考えているのがいけない気がしてきた。

「……少しだけ前向きに検討してみましょう。では、出かけるにはどうすればいいのか？」

どうせならそっちの方が前向きでいいだろう。

まず一番の問題である魔王の義務。魔獣制御の魔法をどうするか？

これは先に言った通り。三日ほどで帰ってくれれば問題はない。

実際、歴代の魔王の中でもそうやって戦争していた者もいたはずだった。

ではもう一つの問題。気軽に外出する方法について。

魔王が外を出歩くなど、簡単には出来ない。役目もあるし、仮に魔族を引き連れて歩く事を妥協するとして、それでは魔王ですと宣伝しているようなものだろう。

「つまり、こっそり出かける必要がある、と」

これは難問《なんもん》である。手練《てだ》れの側近の目を掻い潜《くぐ》り、気付かれないように城を出て、島の結界を抜けて、海に出る。

「そして、三日以内に旅行を済ませて帰ってくるか……何それ、絶対不可能」

そんな事を実行しようとしたら、それこそ神の奇跡にでも頼るしかない。そこまで考えて私はハッとして、パソコンを穴が空くほど凝視《ぎょうし》した。

「すがる神はいないけど……奇跡を安売りしてくれる知り合いならいるんじゃないの？」

その心当たりはついこの間ここにやって来た、魔法使いの人間である。名前はタローちゃん。このパソコンを置いて行った彼ならば、それくらいの事、容易くやってのけそうだ。

「……いや、むしろそれなら。この魔獣を操る魔法の方をどうにかしてもらえば、もっと自由に外出する事も可能になるかしら？」

そこまで思考を進めて、しかしそれはあまりにも酷《こく》だと諦めた。

あの魔法使いは異世界から来たと言っていたが人間だ。同じ種族を追いつめる魔法に手を貸してくれるとも思えない。それにここだけの話だが、難しい魔法だけに下手にいじって壊されでもしたら大変である。直接会った感じだと意図的に干渉《かんしょう》はしそうになかったが……あの魔法使いにはうっかり何かやってしまいそうな、どこか頼りない雰囲気があるのだ。

タローちゃんに願い事をするのに一番大切なのは、平和的かつ常識的な範囲の節度だろう。

「実際、城の脱出くらいなら手を貸してくれるかもしれないわ。幸い、連絡を取る方法はある事だし」

そう言う簡単なやり取りこそこのパソコンの本来の使い方だ。ここで活用しなくてどうするのかと言う話だ。マオちゃんのハンドルネーム（パソコン上の私の名前）でタロイモさん（タローちゃんのハンドルネーム）に助けを求めてもいい。そうすれば他のメンバーともごく自然な流れで、スケジュールまで立てられるだろう。

「ふむ。そうなると……近いうちに旅行の相談、してみようかしら？」

知らず知らずの間に自然と笑みが零れていた。

これは思っていたよりも簡単に実行に移せるかもしれない。

それでは最後の問題。これは私の心情だろう。

「うーん、やっぱり後は城のみんなにどれくらい負担をかけちゃうかって事よね？　……でもあの子達なら大丈夫でしょう。この間はタローちゃん達にあっさりやられちゃったけど」

アレはさすがに相手が悪かったのだから、忘れてあげるべきでしょうし。

ちょっぴり悪いなとは思いつつ、思い浮かべたのは四人の側近達だった。

まぁ、魔王なんて言っても、結局は魔法さえ効果を発揮していればそれで問題ないわけだし。いなかったからといって護衛にしわ寄せが来る事もないでしょう。

魔王に就任するにあたって、もっと暇潰《ひまつぶ》しの方法をしっかりと考えておくべきだった。

「結局、暇なのはわかっちゃいたんだけど。もうちょっと工夫はすべきだったって事よね……ごめん四天王！」

こうして、私の楽しいお出かけの計画は、自室にてこそこそと進行中であった。

◇◆◇◆◇

我らの主《あるじ》をお守りするための防御は、幾重《いくえ》にも存在する。

その最も強固な守りは、主の城が立てられた島を覆う結界だろう。

私が今いるここは、その島を水平線に臨《のぞ》む大陸側の岸である。

結界により外界から隔《へだ》たれた島は、魔族以外は入れない。つまり、敵が侵入出来るのはこの海峡《かいきょう》沿いの岸までという事だ。

荒々しい岩の並ぶ海岸に隣接《りんせつ》するように、色濃く巨樹《きょじゅ》の支配する広大な密林が広がっている。

自ら生物を捕食する植物、毒性を持つ木々の噴き出す霧に、毒の沼、さらには血に飢《う》えた魔獣の支配する死の森は、侵入者を阻む天然の防御網であった。

これだけの条件が揃い、立ち入る事すら困難な場所であってなお、あの方の存在は絶え間なく愚者《ぐしゃ》を引き付ける。

「うおおお‼」

決死の叫び声が響き渡っていた。

戦場となった森の中には火の粉《こ》が舞い、煌々《こうこう》と森の闇を照らし出している。

衝撃と炎で周囲を薙ぎ払った魔法は、招かれざる客の放ったものだった。

その威力はかなりのものだが、しかし着弾点にはまだ動く者の姿がある。

熱で揺らぐ炎の中で、鈍い光を帯びた金属が動く。

魔法を放った覆面《ふくめん》の男が間髪を容れずに短剣を飛ばすが、その白刃《はくじん》はカンカンと乾《かわ》いた音を立てて地面に転がった。

「……！」

男も効かない事は想定していたらしい。攻撃の結果を確認もせず、逃亡しようと木の枝に飛び乗る。

私はそんな不届《ふとど》き者に、炎の中から狙いを定めた。

こんなところまで踏み込んできておいて、ただで帰すはずもなし。

「逃がすかぁぁぁ!!」

私は高温の炎の海の中から愛用の武器を大きく振りかぶった。

ジャラジャラと鋼のこすれる音が炎の中を走り、遅れて唸りを上げて鉄球が飛んでゆく。

鎖《くさり》はどこまでも伸び、鉄球はまっすぐ突き進むと男の頭上で巨大に膨れ上がったのだ。

「……!」

短い、声にもならない悲鳴を残し、破砕音《はさいおん》が大地を揺らした。

鉄球は地面を砕き、男が足場にしていた樹木ごと、その一帯を押し潰したのだった。

「……他愛なし」

存分に威力を発揮した鉄球を、私は鎖を引いて持ち上げる。

鉄球を軽々と引き上げた私の姿は、頭のない重厚な鎧であった。

綺麗に陥没《かんぼつ》した地面は芸術的に滑らかだが、まだ終わってはいない。この辺りに潜伏《せんぷく》している者達の数はおおよそ掴んでいた。

私は空から戻ってきた鉄球を掴み取り、叫ぶ。

「気を緩めるなよ！　まだ相当数、隠れているぞ！」

部下達が私の声を合図にして、森に向かって進軍する。

ガシャガシャ足並みをそろえているのはスケルトン。怨念《おんねん》を残して死んだ者の魂が、骨に取り憑き転生した魔獣である。あいつらはほぼ無限の再生力を持ち、死んでも食らいつくから、追跡には向いている。

さらにその後を追うのはガス状の魔族、レイス達だ。足はそれほど速くはないが、追いつかれたら最後、やつらは取り込んだ者の魂を喰らい尽くすだろう。

私は自らも追撃に参加しようとするが、女の声が私を呼び止めた。

「待ちなさいよ。ここからは私にまかせておきなさい」

「……来たのか、ラミア。ここは私の管轄《かんかつ》だ、素直に私に任せておけばいいものを」

声の方へは振り向かず、背中で不快感を露《あら》わにする私に対し、そいつはフン、と鼻で笑った。

背後では硬い鱗の擦れる音が聞こえている。

「手が足りないみたいだから、貸してやるって言ってるのよ」

そのセリフを聞いてようやく私は振り返る。そこには、蛇の下半身と人間の女の上半身を持った女が、赤い唇を歪めて嗤《わら》っていた。

彼女はラミア。私と同じ四天王と呼ばれる者の一人である。

「手なら足りている。それに蛇に手を借りるなど笑い話だ」

私はぶっきらぼうに返す。ラミアは私の顔を面白そうに見まわしながらチロチロと細い舌を出していた。

「言ってくれるじゃない。でもダメ。退屈しているんだから掃除くらいやらせなさいよ。最弱のあんたばかりに任せるわけにもいかないでしょう？」

「誰が最弱だ！　私は弱くなどないわ！」

「あらどうだか？　鎧の入れ物がなければ動く事も出来ないくせに」

口元に手を当てておほほと笑うラミア。縦に割れた瞳孔《どうこう》が印象的なその瞳は、実に楽しそうだ。

一見するとでかいだけの蛇女だが、この女の実力は私もよく知っている。

私が許可を出すまでもなく、ラミアはすでに行動を始めていたようである。

いつの間にか彼女の周囲には霜《しも》が降り、森全体に凍《い》てつく風が漂っていたのだ。

言わずともわかる。これはラミアの魔法であると。

「ふん……蛇のくせに得意魔法が氷とは。いつ見ても納得がいかん」

「あはははは！　何とでも言いなさい！　さぁ！　我らの領域に足を踏み入れる不届き者達よ。極寒の死へ誘ってあげるわ！」

周囲の木々も瞬く間に白く凍りつき始め、乾いた音を立てている。

確かにこの冷気なら、人間では動きも鈍るだろう。アンデット種は、寒さで動きが鈍る事もない。

そしてこの冷気は、まだ我々の周りで隠れたつもりになっている愚か者共にとって、予想外の攻撃だったに違いなかった。

凍りついた木々の間から、影が二つ飛び出す。

すでに周囲は空気中の水分すら凍りつき、ダイヤモンドダストになっている。

隙を窺っていたようだが、急激な温度の変化に耐えきれなかったらしい。

「ほんとに最弱はダメね。まだ撃ち漏らしているじゃない」

「……知っていたさ、どう出るか見ていたんだよ。だがこうなったら仕方あるまい、後は頼んでもいいのだな？」

「もちろん。任せておきなさい――」

ラミアの持つ「とっておき」は何も氷魔法だけではない。

並び立っていた彼女のトグロを巻いた下半身がうねり、体を伸ばした分視点が高くなる。

そうして飛び出してきた全員をきっちり見渡せる位置で、ラミアは大きく瞳を見開いた。

どうにか一矢報《いっしむく》いようと躍《おど》りかかった人間共は、飛び上がった体勢のままゴトリと生物らしからぬ音を立てて地面に落下した。

完全に生気《せいき》をなくした人間の身体は、冷たい石に成り果てていた。

そう……ラミアの能力で一番厄介なのは、恐らく特異なこの目だろう。

ラミアの中でも一部の者にしか現れない異質の力、石化の魔眼《まがん》は、その目に映した者を石へと変える強力な能力だ。

「ほら。あっという間でしょう?」

得意げに胸を反らすラミアはどこか冷やかな笑みを浮かべ、獲物を前に目を細めている。

「ああ、うらやましい限りだな」

こういうのは癪《しゃく》だが、こいつの不遜《ふそん》な物言いも自身の力に裏打ちされたもの。氷の魔法と魔眼は確かに強力だった。

ラミアによってもたらされた極寒の静寂《せいじゃく》は、今度は空から破られる。

「ひゃーっはっはっはっはっは! 逃がしゃしねぇぜ! クソ人間ども!」

けたたましい笑い声と口汚い罵《のの》り声《し》は、そいつ自身が巻き起こした荒々しく唸る暴風によって吹き飛ばされた。

天地を繋ぐ大竜巻が、木々を捩《ね》じりながらなぎ倒す様《さま》は壮観である。

「ちっ……加減を知らん奴だ」

空を飛行するのは鷲の頭と逞《たくま》しい人の四肢《しし》、さらには大きな翼をもった獣であった。

四天王の一人、鳥人ガルダ。

ガルダの得意な風魔法は、一度巻き起こせば何もかも薙ぎ払う。

竜巻が発生している辺り一帯の木々は、すでにすべて真空《しんくう》の刃《やいば》で切り裂かれているだろう。

手ごろな獲物でも見つけたのだろうが、もう少し静かにやれないものだろうか？

文句の一つも言ってやりたい。だが空高くに陣取《じんど》る奴にそれが聞こえるはずもない。

「さぁ野郎ども！　狩りつくすぞ！」

部下のグリフォン達に命令するガルダは、さながら空の支配者のようであった。

あいつの管轄も島の上空の防衛だというのに、しゃしゃり出てくるとは……。

「全く、どいつもこいつも城で大人しくしていれば良いだろうに……奴の実力は認めるが、あの品の無さだけはどうにも気に入らん」

思わず苦言を呈する私を、ラミアは呆れたように見て舌を出す。

「はっ！　魔族にそんなものを求める方がおかしいのよ。これだから最弱は困ったモノよね」

「ふん！　そもそもお前らの管轄は島の警備だろうが！」

「あら？　そうだった？」

「……貴様。ここでお前の言う最弱を返上してやってもいいのだぞ？」

「あら？　そんな出来もしない事、言っちゃっていいのかしら？」

とぼけるラミアは悪びれもせずに目を細めた。

我々が睨み合っていると、上空に一瞬影がさし、いつの間にか私達の間に割って入るように男が一人現れた。

その男はマントをたなびかせて偉そうに腕組みしたたま、私達をその黄金の瞳で睨み据えている。

整いすぎている顔立ちもだが、最も印象的なのは二本の角であろう。

相手はこちらを見ているだけだというのに尋常ではないプレッシャーで、空気が一瞬にして張り詰める。

もちろん、私達は彼の正体をよく知っていた。

「そこまでにしておけ……強さなど結果が決める事だ。くだらん」

「ならば城で大人しくしていればいいだろう。黒竜」

この男こそ、四天王最後の一人。

竜族の裏切り者にして、単身で魔族と呼ばれる唯一の竜。

魔族は彼を畏怖し、『黒竜』と呼んだ。

不満を露わにする私に対して黒竜は、強者の余裕からか不敵な笑みを浮かべながら言った。

「ふっ……私も少々羽を伸ばしたくなったのさ。何やら騒がしいじゃないか」

全く、どいつもこいつも暇で結構な事だと思う。

確かに魔王城周辺も、最近はずいぶんと人間の影が多くなってきた。

もっとも、だいたいの理由は察しがつこうというものだ。

「ああ。最近は魔獣共が暴れているからな。人間もさすがに気が付くだろうさ。我らの王の誕生をな」

ここに来るような奴はそこそこの手練れだろうが、それでもひ弱な人間がよくやると感心する。

黒竜とてわかっているのだろう。愉快そうな声色にもそれが滲み出ていた。

「フッ……確かにな。ならば人間ごときが気安く入っていい土地ではないのだと改めて知らしめる必要があるだろう」

「お前もやるのか⁉」

私はやる気を出す黒竜に思わず声を荒らげてしまっていた。だが黒竜は全く気にした様子もない。

「ああ、言ったろう？　羽を伸ばしたくなったと。あの方の恐怖を忘れたと言うのなら、思い出させてやらねばなるまいよ！」

私がそれはまずいだろうと言い出す前に、黒竜の周囲に黒い風が舞う。

骨格から再構成され、肉が盛り上がり、彼が真の姿を現すまでほんの数秒。

そして現れたのは、紫がかった黒い鱗を持つ竜の姿だ。

先ほどの男のそれと同じ金色の目がこちらを向くと、この私でさえ震えが来るほどだった。

「さて？　どこを薙ぎ払ってくれようか？」

黒竜は口調こそ穏やかだが、その実、かなり興奮しているのが窺える。

自分の身が可愛ければ、下手な事を言わない方がいいかもしれない。

「はぁ……少し待て」

諦めた私は、無用な被害を避けるために索敵《さくてき》の範囲をいつも以上に広げる。

私の本体は霧状《きりじょう》の幽体《ゆうたい》。

戦う時こそすべて鎧に戻すが、普段は薄く広げ、敵の位置の把握に使っていた。

いわば自身の体内に敵を取り込む事で位置を把握する索敵方法だ。突然現れでもしない限り逃れる術はない。

この辺りに人間の集落はない。複数人で来ているなら、何かしらの拠点を作っているはずである。

案の定、それはすぐに見つかった。

「……ここから先二十キロ辺り、小さな砦らしきものがある。いけるか？」

「いいだろう」

黒竜は一言呟くように告げ、大きな腕を地面にめり込むほどに叩きつけた。

その場に体を固定し、私の指示した方向を見定める。

そのまま口を開き、空気をたっぷりと吸い込んだ黒竜が首を反らすと、胸の辺りから光が漏れ出す。

光は徐々に首を上って行き、口元で一際強力に輝いて、熱を伴って飛び出した。

ズンっと重低音が振動を伝える。

大きな炎の塊は空高く昇って、そのまま放物線を描いて着弾、秘めた力を解放した。

遥か彼方に立ち上がった火柱は、まさしく紅蓮《ぐれん》であった。

地面が揺れ、数秒後に届いてきた衝撃波が体を叩く。びりびりと鎧が振動するほどの衝撃は、彼の攻撃の恐ろしさを十分伝えていた。

しかしそんな一撃に真っ先に慌てた声を出したのは、何故か黒竜であった。

「しまったな……威力の加減を間違えた。これでは地形を変えてしまう」

標的一帯を文字通り消滅させた後、こんな事をのたまう黒竜を、私とラミアはやれやれと眺めていた。

「珍しい。暴れた後の心配をするなんて」

「そうだな、何かあるのか？」

そろって疑問を口にする。

「……いや、まぁいい、たいした事ではない」

だが黒竜は決まりが悪そうに口を噤《つぐ》んだ。これ以上何か言っても答えそうにはない黒竜に、ラミアはやれやれと火柱の方を眺めて言った。

「そ。なんでもいいけれど、全部まとめて吹き飛ばすなんて、あんたの戦い方には美学がないわ」

しかし黒竜はやり方に関しては、全く気にした様子ではなかった。

「そんなものが必要か？　あのお方にあだなす者を速《すみ》やかに排除するのに、手段など選ぶ必要はない」

どちらもそれぞれに美学があるようだが、私に言わせれば、どちらの戦い方にも言いたい事はあった。

「どっちもどっちだろうが。ラミアの戦い方も趣味が悪い、黒竜の戦い方は遠慮がなさすぎる、ついでにあの鳥頭は騒がしすぎるな」

苦言を呈する私に、ラミアは呆れたように肩をすくめる。

「そう言うアンタもえぐいでしょう。何よ鉄球で押し潰すって」

「効率的だろうが。攻撃と同時に埋葬《まいそう》までしてやれる。最終的に大地に還って、アンデッドになるまでが私の攻撃だ」

「……絶対あんたの方が趣味が悪いわ」

嫌そうな顔をするラミアに、私の研《と》ぎ澄まされた戦闘スタイルをわかってもらおうとは思わない。

顔をそろえれば、言い争いが絶えないこの四人。

ガルダ。ラミア。黒竜。そしてデュラハンである私達が、四天王と呼ばれる精鋭である。

◇◆◇◆◇

唐突だが説明しよう。我々四天王は、魔族の中よりえりすぐられた精鋭で構成されている。

それぞれを名前ではなく種族名で呼ぶのは、その種族の代表であるからで、私は敬意の表れだと思っている。本名もちゃんとあるが、それは魔王城に侵入してきた猛者《もさ》に対して必殺の志と共に名乗るのが作法とされていた。

ある御方を守護するため、数多の種族より選び抜かれた我らは、まさに最強の力を備えた存在だ。

我らの仕事はただ一つ、聖地であるこの城を守る事に他ならない。

私はデュラハン……この度はあえて『鎧』とそう名乗らせていただこう。

私の役目は主に、島の外からこそこそ様子を窺おうとする雑魚の掃除だ。とは言っても、私自身は城にいる事も多い。我が配下の者達を指揮して、島に近づこうとする不届き者を排除するのが最重要任務だ。

指令は我が配下の隅々まで行き渡っており、統率は非常によく取れていると自負している。

ごく稀に、暇を持て余した連中の邪魔が入ったり、最近大失態を犯して全滅の末、人間の魔法使いを魔王様の御前《ごぜん》に上げてしまったばかりだったりするが……概《おおむ》ね排除には成功しているだろう。

「……そろそろお茶の時間だな」

私『鎧』は銀のトレイにティーセットを用意する。魔王様……今回はあえて『マオちゃん』さんとお呼びするお方のお気に入りを用意して、私は彼の部屋へ向かっていた。

あらかじめ断っておくが、砕けた呼び方をしているからといって、決して魔王様を軽《かろ》んじているわけではない。それをここに明言しておく。その理由は後々わかってもらえるであろう。

四天王であっても、城内の雑用を行うのは珍しくない。

各種族から魔王様を守るためにと送られてきた配下の者達は、四天王でなくても精鋭ぞろい。島はもちろん、大陸の森にも放ってある魔獣達は強力無比《むひ》だ。よほどの相手でもなければ、たいていそいつらで片が付いてしまうだろう。

我らはそんな魔獣達でさえどうにも出来なかった場合の最後の砦、つまり基本は暇なのだ。

どのくらい暇なのかと言えば、わざわざこちらから島を出て大陸へ赴《おもむ》き、島への偵察隊をいぶり出す事があるくらいである。

いつもそれほどまったりしているものだから、マオちゃんさんの周囲の世話などは我々が行う事もあるのだ。

決められた時間にお茶を飲む。これもマオちゃんさんの習慣の一つであった。

城の中でも限られた者しか入ることが出来ない特別な場所に、マオちゃんさんの部屋はある。

「……さて、どう切り出したものか」

しかし私は彼の部屋の前でいったん立ち止まっていた。

今回は少々申し上げたい事があるのだが、相手が相手なだけに緊張はぬぐいきれない。

私は独り言を呟き、意を決して部屋の扉をノックした。

返事はなかった。二度目でようやく小さな声で何か聞こえる。返事かと思い中に入った瞬間、私は目に飛び込んできた光景に驚き、入室の挨拶も忘れて固まってしまった。

何か事件が起きていたわけではない。ただ……別の意味で非常に話しかけにくかっただけで。

「うふふふ……ええーほんとにぃー？」

「……」

マオちゃんさんはパソコンのディスプレイに向かって話しかけていたのだ。

いや、話しかけていたところでどうという事はないのだけれど。もちろん私の忠誠は揺らいでいない。

つい、一歩下がってしまっただけである。

その拍子《ひょうし》にトレイに載ったティーセットがカチャリと音を立てると、気が付いたマオちゃんさんがこちらへ振り向いた。

ハッとしたようなマオちゃんさん。

一瞬沈黙があったが、マオちゃんさんは平静を装って言った。

「あら？　もうそんな時間？　……ありがとう、そこに置いておいて」

そうですか……なかった体《てい》で行くのですね？

「……御意《ぎょい》。……時に、いつからパソコンを？」

いつもならそのまま下がるのだが、今日は容赦なくツッコませていただいた。

やはり痛い所を突かれたらしく、マオちゃんさんの視線が泳ぐ。

「え？　そうねぇ……昨日はクイーンさんと一晩中話していたから……あれ？　昨日で合ってたっけ？」

……どうやらずいぶんと前から、パソコンを使っていたらしい。

私は無言でお茶の準備をして、差し出すと同時に進言した。

「……一言、よろしいでしょうか」

「ん？　何？」

差し出したお茶を受け取り、一口すすったマオちゃんさんはこちらを怪訝な顔で見る。

その目は寝不足で濁っていた。

「最近、少々ソレにのめり込みすぎではありませんか？」

「な、何がかしら？」

自覚はあるのか、口ごもるマオちゃんさんに私は続けた。

「何がと申されましても、一つしかないでしょう？」

聡明《そうめい》な彼に、私の言葉が何を指しているのかわからないはずもないだろう。

妙な魔法使いが城に置いて行った、パソコンという魔法の道具。

今、この瞬間までマオちゃんさんが見ていたそれである。

このパソコン、素性を伏せたまま不特定多数の相手と情報を共有できるという、なんとも奇妙な魔法具で、機能も多彩《たさい》である。

外の情報を気軽に得られるこの道具は、魔王城という閉鎖的《へいさてき》な空間ではかなり有効だ。

暇を持て余しているのなら、興味深く感じても何ら不思議はないだろう。

マオちゃんさんがそっと目を逸らしている所を見ると、ちゃんとわかっている様子だった。

「そ、そんな事はないでしょう？　私はここにいるだけで役目は果たしているんだしー？ちゃんと仕事だってしているわよ？」

「具体的にはどのような？」

「……いいでしょ、別に」

憮然《ぶぜん》とするマオちゃんさん。私はあえて大きめに咳払いをした。

「本当にそうお思いですか？」

すると追いつめられたマオちゃんさんはとうとう開き直っておっしゃったのだ。

「い、いいじゃない！　好きなんだから！　それに積極的に人間達を攻めてたのは先代の趣味でしょう！　私まで同じようにする必要ないわけだし！」

そう主張するマオちゃんさん。

確かに先代のせいで主な魔王の業務は人間攻撃の指揮であるかのような印象があるが、それは間違いである。

それについてはマオちゃんさんのお考えがあるのだから口出しすべきではないが、今問題なのは、もろもろの作業を目先の楽しみのために疎《おろそ》かにしているのではないかという事である。

だから、あえて私は苦言を呈す。

「趣味は大いに結構です。私共も、貴方様が心身共に健《すこ》やかであられる事を祈っております。しかし、魔王としての役目に支障《ししょう》が出るのはどうかと？」

だが少々私は口が過ぎてしまったらしい。

マオちゃんさんの目つきが一瞬にして変化する。

「……そうはならないでしょう。私を誰だと思っているの？」

本人にしてみたら、少しだけ視線をきつくした程度だったのであろう。

しかしその威圧感はすさまじく、自分が消し飛ばされる姿を幻視《げんし》してしまうほどであった。

あまりの迫力に、私は頭を下げずにはいられない。

「……申し訳ありません、出過ぎた真似を……」

しかし、本人はやはり軽い冗談のつもりだったらしく、圧力は消えすぐにさっきまでの口調に戻っていた。

「いえ、構わないわ。あなたの危惧《きぐ》はもっともだしね。それは私も認めましょう。少々のめり込みすぎたのもそうでしょうね。だけど、あなたは心配のし過ぎではないかしら？

このパソコンは所詮道具よ」

「はい、理解しております」

「謎の部分も多いし、未知の道具である事には違いないけれど、道具は使いこなしてこそなのよ。有効な物であればあるほど私達は知らねばならない。そのために時間を使うのは有益ではないかしら？　そうでしょう？」

「おっしゃる通りでございます」

出所《でどころ》は怪しい……怪しいがパソコンが何かしらの罠という可能性はないだろう。

だからといってこのまま言いくるめられて、引き下がってはまずい。そうは思いつつも、
これ以上口をはさむ事を私はためらっていた。この方の不評を買って生きていられる保証などない。先日の不祥事《ふしょうじ》もあるし、苦言もこの辺りで止めておいた方がいいのではないか？

そう考え始めていた。

しかし、先にマオちゃんさんがボロを出した。

私の沈黙を何か勘違いしたのか、彼はやや焦るように続けた。

「そ、そういう事なのよ。うん。他の四天王だって、色々使いこなしてるんだから。そういうの大事だと思うわ」

「……」

他の四天王を引き合いに出して自分の正当性を主張しようとするマオちゃんさん。まるでそれは、自分自身に言い訳しているようだったのである。

私は、やはりちゃんと助言すべきだと心に決めた。

そして、これ以上ないほど明白な付け入る隙を見つけた私は、これ幸いと続きを促した。

「と、言いますと？」

「そうよ。この間の事なんだけど……」

マオちゃんさんは語り出した。

――それは、私がこの間、城の廊下を歩いていた時の事よ。

蛇の尻尾が見えたから何かなー？　っと思って覗いてみたの。

そしたら廊下の突き当たりにラミアちゃんがいて、難しい顔で何かしているみたいだったわ。

何だかすごく集中していて、遠目からでもそれがわかったのよ。

だから私、ちょっと悪戯心が出て来てね？　そっと気配を消して近づいてみたら、彼女が手に持っているのがMフォンだって気が付いたわけ。

Mフォンっていうのはあれね、携帯できる電話ってやつ。でもあれ、要するに小型のパソコンみたいな物だから持ち運びに便利よね？

ラミアちゃんはMフォンに何かすごい勢いで打ち込んでいるみたいだったのよ。

私がじーっと見ていても全然気が付かないし、なんだかそっちの方が面白くなっちゃって、そのままちょっとずつ距離を縮《ちぢ》めていったのね？

それでも気が付かないから、彼女の耳元に声をかけたの。

「……ラミアちゃん。何やってるの？」

「うひゃあすえあ!!」

あれは傑作だったわね。

彼女のあんなに狼狽えた姿はそんなに見られないと思うし。

「こんな所で何してるの？　ずいぶん集中していたみたいだけど」

そう尋ねた私に、ラミアちゃんは明らかに取り乱していたのよね。

顔はいつも以上に青いし、必死にMフォンを背中に隠しているのが不自然だったわ。

「い、いやぁ別に何をしていたわけでもありません！　……ええっと、そうです！　あ、あの魔法使いの道具です！　少しでも調査せねばと思いまして！　でもうっかり集中しすぎてしまったみたいです！　いやぁさすが魔王様！　まったく気配に気が付きませんでしたわ！」

「……そうみたいね。なんだか文字を打ち込んでいたみたいだったけど？」

「え！　えーっと、た、大した事ではありません……その、メモを！　メモを取っていたんです！　わかった事をまとめてですね――」

早口でまくし立てるラミアちゃん。しかたがないから私は彼女の言葉を遮って質問したの。

「そうなの？　何か面白い発見があったなら、そのメモ見せてもらっていい？」

「え！　あの……汚いので！　メモが汚いので！　お見せするのはちょっと！」

でも私の質問でラミアちゃん、額に汗まで浮かべ始めちゃったのよ。すごく楽しくなってきて、追い打ちをかけてしまったわ。

「Mフォンって、字が汚いなんて関係あったかしら？」

「そ、そんな事はないのですけれど！　あ、あの、その。自分用なので言葉が汚いんです！　それはもうメチャクチャでですね！　何書いているか自分でもわからない時があるくらいなんですよ！　ハハハハハ‼」

アレはもう、見事すぎる作り笑いだったわね。

ラミアちゃんがあまりにも必死に言い訳をするものだからおかしくって。

でもちょっと涙目だったものだから、私も意地悪はそこまでにしたのよね。

「そう。ならいいけど。あんまり隙だらけだと、ちょっと困るわね」

「はい！　申し訳ありませんでした！」


「まぁ、その時はそれだけだったんだけど……」

「……そうですか」

話を聞き終わった私は、顔があったらきっとたいそう微妙な表情をしていたと思う。

しかしマオちゃんさんは続けた。

「メモ云々の話は嘘でしょうけど、Mフォンを使っていたのは間違いないわ。それにあの文字を入れる速度はかなり手馴《てな》れていたし、きっともうかなり使いこなしているわね」

「……そうでしょうなぁ」

鋭い眼光で頷きながら、確信を持った表情のマオちゃんさん。

ラミアの奴が勉強熱心である事を自分は甚《いた》く感心していると、強くアピールされているのは私にもよくわかっていた。

それはそうだろう。確かに使いこなしていると私も思う。

「まぁ、たぶんあの焦り方からして、やってたのは趣味みたいなものなんでしょうけどね。例えばそうね……いい事があった時に日記でも付けているのかもしれないわ。かわいいじゃないの、あの子もやっぱり女の子よね」

マオちゃんさんは興味を持つのはいい事だと呟きながら、しみじみ頷いているが、自己の弁護も含んでいるためか動作がいちいち大げさであった。

「……」

だが、私は知っていた。

その実態は、いい事どころか悪い事があった時の愚痴がギュッと凝縮された呪いの日記である事を。

さすがマオちゃんさん、日記というのはいい線をいっている。さすがである。

そりゃあ必死になって隠すはずだ。あそこには、蛇女の執念深《しゅうねんぶか》い本性が赤裸々《せきらら》に書き綴られているはずなのだから。

書いている最中にそれを発見されれば言い訳も出来ないだろう。

あらゆる感情を噛み殺し、私は努めて平静にこう言った。

「……あいつにも、色々と、思うところがあるのでしょう」

私は今、吐き出したい思いをすべて呑み込んだ。

ラミアは、私を四天王最弱だとか言って貶《おとし》める最悪の奴だが、それなりに付き合いも長い。

本来であればフォローの必要など微塵も感じないが。しかしあまりに哀れで……情けをかけてやるのはやぶさかではなかった。

「私はいいと思うわよ。趣味、いいじゃない？」

「ええ、まぁそうですね……」

「前々から思ってたんけど、この城、雰囲気が暗すぎるでしょ？　私的には全面ピンクの内装にしたいくらいに――」

「それだけはやめてください」

「……なんでよ」

マオちゃんさんの密かな野望はなかった事にさせていただきたい。

そんな目が痛くなりそうな内装はないでしょう。

「とにかく、他にもいるのよ？　えーっと、ガルダちゃんもよ！　あの子もしっかりパソコン使ってるんだから！」

マオちゃんさんはラミアの話をして調子が出て来たのか、次なる目撃談を饒舌に話し始めた。

　私はそれに大人しく耳を傾ける。

「――あの子に関しては些細なきっかけってわけでもなかったわ。

　だって、見るからに前と様子が違うんだもの。

　……頭が何だかふさふさしてるし。

　前は普通に鳥の頭だったはずなのに、いつの間にか黒いワタを盛ったみたいなふさふさの毛がガルダちゃんの頭の上に乗っていたのよ。ほらボリューム満点じゃない？

　それがどうしても気になって、私の方から声をかけてみたんだけど……。

「ねぇ。それって……えーっと、どういうことなの？」

　結局あんまりいい言葉は出てこなかったわ。ぎりぎり頭を指差せたくらい。案の定何が言いたいか伝わらなかったみたいだけど、彼はなんだか充実している感じで笑っていたのよ。

「どうと言われても俺はいつでも絶好調ですぜ！　ここ最近はことさら無敵ってもんです！」

「……そうなんだ」

確かに前から元気だったけど、今は圧倒される感じで、私も深くは追及できなかったわ。だって、私の問いかけにまったく怯む気配もないんですもの。あんなに堂々とされたら、逆に聞きづらいじゃない？

でもその時なのよね、パソコンの話を聞いたのって。

私がかなり言葉を選んでいる時だったわ。突然ガルダちゃんの方から切り出してきたの。

「あ、そう言えばですね‼」

「え？　なに？　何か悩み事があったら言いなさいよ？」

「全くこれっぽっちもありませんね！　それよりですよ！　あのパソコンってやつ、魔王様は使ってますか？」

突然そんな話を振られたんだけど、私にしてみたら頭が気になってそれどころじゃなかったわ。

でも使っているかと尋ねられたら、もちろん使っているわけだから肯定したわけ。

「え、ええ。いいわよね、あれ。楽しいわ」

「ですよね！　俺も最初はビビってたんですがね！　やってるうちに感じちゃったわけですよ！　世界って奴を」

「……ず、ずいぶんと大きな物を感じたのね」

満面の笑みでそう語るガルダちゃんに少し気圧されたけど、何とか会話を続けたわ。

「そりゃもう！　魔法を初めて使った時だってあんなショックを受けたこたぁない！　ですがね！　俺だってこのままじゃあ終われません！　挑戦しますよ！　その世界って奴に！」

正直、何を言っているかわからなかったわ……。

あっちにふさふさこっちにふさふさ、もういい加減にしてって感じ。

「……そ、そう、頑張ってね？」

「ええ、そりゃあもぅ！」

結局もじゃもじゃの頭と会話してる気分だった。だけど辛《かろ》うじて、なんだかすごい挑戦をしているって事だけはわかったの。

なんででしょうね？　あの子、体も大きいし、他に注目すべきところはいくらでもあると思うのよ？　でもどうしても頭に目がいっちゃうわけよ。

「えっとそれで……何の話だったかしら？」

「そりゃあパソコンの話でしょう？　何言ってんですか！　ボケるにはまだ早いですぜ！」

サムズアップしているの見て、なんか腹立ったから殴っちゃったんだけど。

「ちょっと調子に乗りすぎじゃない？」

「……すんませんでした」

まぁ彼、テンションが上がりすぎていたようだから、これくらいは必要だったと思うけどね。

　ふらふらしてた彼に、私もちょっとだけ正気に戻って改めて聞いてみたのよ。

「それで？　パソコンを使ってるから何なの？」

　ちょっと高圧的になっちゃったんだけど。そしたらガルダちゃん、血圧がようやく下がったのかふらふらして言ってたのよ。

「えっとですね……。興味がある話題で盛り上がれる場所なんかもあってですね。これが楽しいので一度やってみるのもよろしいんじゃないかと思いまして……」

「それなら活用しているわ」

「さすがです！　面白いですよね！　アレ！」

　でもすぐに忘れて、元のテンションに戻っちゃったけど。

　まぁ言ってる事はわからないわけでもなかったから、それからはパソコンの話で盛り上がったのよ。

　……結局髪型について聞いてなかったのを思い出したのは話が終わった後だったけど。

◇◆◇◆◇

「まぁ、彼もなにか有意義な出会いがあったんでしょう。目の輝きが違ったもの。……でも、結局あの髪型は何だったのかしら？　すごく前衛的？　だったけれど」

すごい話である。マオちゃんさんの懐の深さにも驚きだった。

「……そうですね。あの髪型は私も奇抜《きばつ》だと思います」

「そうよねぇ。アレは絶対トンボちゃんのせいよね？　治らなくなっちゃったのかしら？

タローちゃんに連絡取って、治してもらった方がいいと思う？」

心配そうに配下に心を砕くその心意気は立派だと思うが、私はあえて言った。

「いえ……その必要はないでしょう。問題はないと思います」

きっぱりと断言しておく。そうするのは他でもないガルダ本人のためであった。

「そ、そう？　でももじゃもじゃなのよ？　いいのあれ？」

「ええ、大丈夫です。本人にも気にしている様子はなかったのでしょう？」

それでも心配そうなマオちゃんさんだったが、本人の態度を引き合いに出してみると、
最後は納得してくれたようだ。

危ない危ない。

「まぁそうよね。でももじゃもじゃか……」

「……」

そして私は知っている。

これに関しては、本当に放っておいてもいい事であると。

あの髪型はアフロというのだ。

厄災《やくさい》が襲来したあの日、妙な魔法でアフロ頭にされたガルダは、あのソウルフルな髪型をいたく気に入ってしまったのだ。

今までごく普通の羽毛で、髪型に選択肢がなかったからであろう。

奴の頭をアフロに変えた小さな妖精、とりわけピクシーがトラウマになっていたらしく、しばらくは小さな人形にすらびくついていたとか。

だが皮肉である、本人にとって不幸以外の何物でもない出来事が、新たな世界を開くカギになるとは。日々しょんぼりとアフロ頭を眺めていたが、だんだんとその魅力に取りつかれ、いつしか手入れを始めていた。元々ナルシストっぽい素養はあったが……。

しかしようやく自分を取り戻したあいつの今の心境を思うと、邪魔をする気にはとてもなれない。

今ではトラウマを克服し、自身をアフロにした張本人を『師匠』と呼び慕《した》っているのはあまり知られていない事である。

ここは一つそっとしておいてやるのが、今後の円満な関係を継続する上で重要だろうと思われた。

「楽しそうなのはいい事よね」

うんうんと頷いているマオちゃんさんとは間違いなく方向性は異なるが、私もまた気が付けば深く頷いていた。

「その通りです。下手に触ってこじれては元も子もありませぬ」

「こじれる？　……なんだかいやに熱が入っている気がするけど、あなた達そんなに仲良かったかしら？」

そんなに不可解そうな顔をされるような話ではないと思うのだが。

しかし情けは、魔族の中にも確実に存在する感情なのだ。

「それなりです。何か勘違いされているようですが、私は他人の趣味には寛容《かんよう》です」

「そうなの？　ああ、でもあなたは知らないでしょうけど、タローちゃんが持って来た物の中にはあなたが喜びそうな物だってちゃんとあるんだから」

おおっと。忘れかけていたが、今私は、マオちゃんさんにパソコンの有益さをアピールされているのだった。

すぐにでもパソコンのし過ぎは自重し、魔王としての職務を全うする方向に修正したいのはやまやまだが、今となってはそのチャンスも見失い気味であった。

「そうですか……」

「そうなのよ？　例えばこれなんか面白いわよ？」

そう言ってマオちゃんさんが取り出したのは小さな水晶玉だった。

これは手に持って合言葉を唱える事で映像を保存出来る道具である。

ありそうでなかった魔法は思いの他実用性が高く、マオちゃんさんの目に留まったのも当然だろう。

この道具については、私も惜しみない称賛を送りたい。

「これは映像を記録する道具なんだけどね？」

「ええ、存じております」

「あらそうなの？　てっきり見向きもしてないいんじゃないかと思っていたけど」

「そうですか？」

「そうよぅ。でも本当は興味あるんじゃないの？」

うれしそうにニヤニヤするマオちゃんさん。ようやく私の弱点を見つけたとでも思っているのかもしれない。

だがまぁ、その程度のチェックは当然である。

「得体の知れない物でしたからね。魔王様の勧めがなければ、この城の者もパソコンを使う事はなかったでしょうし。ある程度機能を把握しておくのは当然ではないかと思います」

「あら？　ちゃんとチェックはしてたのね、うれしいけどちょっと残念」

色々教えてあげようと思ったのにと、つまらなさそうに口を尖らせるマオちゃんさん。

今日はどうにも子供っぽい所作が目立つと私は心中で感じた。

このお方はどうにも、砕けすぎると子供っぽくなる所があるのだが、趣味が絡むとその傾向がより顕著になる。

だからこそ、ここではっきりと言っておかなければならないという責任感に駆られたわけだ。

「何か勘違いされているようですが、私もパソコンに関するもろもろが有益なのは認めていますよ？」

ここらで一つ訂正しておこうと放った言葉に、マオちゃんさんは思いのほか食いついてきた。

「でしょう！　それでね！　ちゃんと役立つ事にも使ってるのよ！　ほら、これ見てみなさい！」

「……これは？」

そう言ってものすごく嬉しそうにマオちゃんさんが机の引き出しから取り出してきたのは、私も知らないものだった。

それは、写真を紙に写し取ったものだったが人物ではなく、どこかの地形を空から撮ったものだった。

マオちゃんさんはそのよくわからない写真を得意げに広げ、すごいでしょと指を差して私に突き出す。

「この水晶で撮影したものよ。地形を上空から撮ったのね」

「これは……この辺り一帯のものですか？　先ほどガルダの話が出ていたという事は……まさか、撮影者はあいつでしょうか？」

空を飛べて、マオちゃんさんに直接謁見出来る誰か。ガルダか、あるいは――。

そこまで考えた時マオちゃんさんは答えた。

「いいえ、黒竜ちゃんね。自主的に空からこの辺りの撮影をしてくれているわ。もうしばらくすれば、詳細な地図が出来上がるでしょう。今まで私達に地図を作るなんて手間をかけたがる者はいなかったけど、こうやって簡単に情報を集められるのなら、そういう事に時間を割《さ》くゆとりも出てくるって事よ」

私はマオちゃんさんの言葉に実は感心していた。

私もこれは知らなかった。黒竜め、なかなかやりおる。だから、ブレスで地形を変えてしまったと嘆いていたのか。

感心する私に、ニヤリと悪そうな笑みを浮かべたマオちゃんさんは、その写真に手を添えながら、黒竜の話をし始めた。

◇◆◇◆◇

――黒竜ちゃんから相談されたのは突然だったの。

話があるって言ってきたから、時間を取って彼を部屋に招いたのよね。

「実は、かねてより考えていた事がありまして！」

そう言って自信満々に持って来たのがこの写真だったの。

黒竜ちゃんの提案は今言った通り、地図の製作だったのよね。

だけどその気合いの入り方がちょっとだけ妙だったのが気になったわ。何というか……ただそれだけにしてはやる気に満ち溢れているっていうか、そんな感じ。

「すごく気合いが入っているわね？　そんなに地図を作りたかったの？」

黒竜ちゃんは、飛竜の一族出身だから、空も自由に飛び回れる。もちろん知能も高い。そんなに好きならとっくに自分で地図を作っていてもおかしくないはずだと思って尋ねてみたの。

そしたら黒竜ちゃんは、珍しく微笑んで答えてくれたわ。

「実は……この写真、というものが思いの他、私の性分に合っていまして……」

そう言ったのよ。あの黒竜ちゃんがよ？　私もそれはもう驚いたわよ。

黒竜ちゃんはなんだかいつも眉間に皺を寄せていて、固いイメージだったから、何だか意外でね。

うれしくって思わず許可を出しちゃったわけなのよね。

「そういう事なら構わないわよ。地図だって正確なものがあれば使い道もあるでしょう。

魔族は個人の能力頼みで、作戦を軽んじるから。いい発想だと思うわよ。地図を作れなんて言ったら、飛べる奴に見てこさせればいいなんて言われそうだものね」

「ははは。そうでございますね」

黒竜ちゃんは終始上機嫌だったわ。それにつられて私も笑顔で答えちゃったの。

「全くよ。困ったものだわ。それじゃあ、お願いするわね？」

「もちろんですとも！　ありがとうございます！　僭越ながらこの私が、必ずや誰もが納得のいく地図を作らせていただきますとも！」

なんかとっても情熱的だったものだから、私も思わず聞いちゃったくらいなのよね。

「そんなに写真が気に入ったの？」

「ええ！　これはいい物です！　あの妖精と魔法使いは気に食わないですが、この写真だけは評価しております！」

「あははは……タローちゃん達も悪い子ではないんだけどねぇ。まぁあの登場じゃ仕方ないわよねぇ」

「全くです。非常識な連中でした」

「いやー。あの子達に常識を求めるのもどうかと思うけど。そもそも魔族の常識からして他とちょっとずれてるところも多いし」

「それはそうですが……奴らはまた特別かと」

「まぁ、そうなんだけど。とりあえずすべてを事故だと思って忘れるしかないんじゃない？　実際あの出来事を口で説明する自信ないわよ？　私は」

本人も気にしているみたいだったから何か言ってあげようと思ったんだけど、我ながら適当な励ましだったと思うわ。

黒竜ちゃんもそう思ったみたいで、話題を変えてきたけど。

「……ともかくです。この写真ですよ。時を切り取るとでも言うのですかね？　この目に映る情景を形にして、そのまま残そうというのが気に入りました。やはりどうしても過去の記憶は風化《ふうか》してしまうもの。しかしこうして鮮やかに保存しておくことで、蘇る思いもありましょう……」

いつになく饒舌に語る黒竜ちゃんは、なんだか生き生きしていたわ。

やっぱり夢中になれるものがあると目の輝きからして違うのかって妙に感心しちゃったものね……。

◇◆◇◆◇

感慨深く頷くマオちゃんさんを前にして、私はただただ固まる事しか出来なかった。

「結局趣味の話になっちゃったけど、まぁそういうわけなのよ」

「……」

マオちゃんはそう締めくくり、ちょっと得意げである。

ものすごく感動的にまとめているが、しかし、私は知っているのだ。

この黒竜の真の狙いがどこにあるかを――。

地図製作などただの口実に過ぎない。とはいえ写真に執心しているのは誠に揺るぎない真実だ。

私の脳裏には、ある日、偶然目にした光景が頭をよぎっていた。

その夜、奴の部屋の前を通りがかった時、少しだけ開いた扉から部屋の中を覗き見ると……大量のマオちゃんさんの写真を部屋いっぱいに広げて笑う黒竜の姿があったのだ。

「ふははは！　こいつは素晴らしい！　これさえあれば！　永劫《えいごう》に残されるべき偉大な記録を正しく伝える事も可能になろう！　ああ、何故これが歴代の魔王様の時代にも存在しなかったのか！」

奴は、マオちゃんさんの写真を収集していたのだ。

あの時、至近距離から写したとしか思えない構図の写真が多数あるなとは感じたのだが、今、謎が解けた。地図作りも恐らくは接触の機会を多くするために申し出たのだろう。

話を聞いた今、すべてがピタリと私の中で得心《とくしん》のいくものに変わっていた。

昼飯時に私にさりげなく写真の引き伸ばし方を聞いてきたしなぁ……。あの様子じゃ密かに『マオちゃん』さんの写真を飾り付けた宮殿でも作りそうである。

忠誠心が高いのは知っていたがここまでとは……正直、いくら主君とはいえ大量の男の写真を前に笑っているなど正気を疑ってしまう。

そんな私の暗澹《あんたん》たる思いを知ってか知らずか、マオちゃんさんまで残念な追い打ちをかけてくる。

「だから、私だって何一つとして後ろ暗い事はないと、そう思うのよね」

「……そう繋げてしまうのですね。どうしてもパソコンをやりたいわけですか」

するとマオちゃんさんは真顔で言い切った。

「そんな事ないわ。でも誰にだって気晴らしは必要なのよ。あなたも文句ばかり言っていないでやってみたらいいでしょう？」

うむむ、やはり自重する気は皆無のようだった。

私が言いたいのは、パソコンにかまけて本来の職務をおざなりにする事がないようにしていただきたい、ただそれだけである。

「ですから、私が言いたいのはですね――」

何とかそう話を持っていこうと口を挟んだのだが、マオちゃんさんはうんざりした顔で、面倒臭そうに言い放った。

「あーはいはい。わかったから。もう、頭が固いんだから」

「……わかっていただけたのならいいのですが」

だが、きっとわかってもらえていないと私は確信していた。

「大丈夫。今後は職務に差し障りがない程度にするから。……でも本気で言うんだけど、あなたも真剣に気晴らしを考えないと本当におかしくなるわよ？　ただでさえ私達はこの城に籠りがちになりやすいんだから」

どことなく、心配そうなマオちゃんさんの言葉は私を気遣っていることを感じさせるものだった。

「……それは問題ではありません。言ったでしょう？　私は趣味には寛容だと」

「そう？　まぁ何か気になる事があったら私に言いなさい。少しなら力にもなれるでしょう」

「御意。それでは失礼いたします」

随分と話し込んでいたせいで、残っていたお茶もすっかり冷えてしまっていたようだったが、マオちゃんさんは構わず飲み干していた。

仕方がない、今回は引きさがろう。私はこれ以上の議論を諦め、お茶のセットを持って出直す事にした。

礼をして部屋を後にする私を、マオちゃんさんは小さく手を振って見送る。

全く、私などにはもったいない事だと思った。

しかし部屋を出て振り返るに、結局どうやら私の進言した言葉の意図は正確に伝わっていなかったように思う。私は何も、よくわからない物にのめり込むマオちゃんさんを心配してこんな助言をしたわけではない。パソコンは結構、気晴らしになるのなら邪魔する理由などありはしない。ただし妙な企みをしてこっそり城を抜け出そうなどとしていなければの話だった。

改めて言わせてもらおう。

私はすべて知っていた。

蛇女が呪いの日記を書いている事も。

アフロ鷲頭がその髪型に魂を感じている事も。

忠誠心の権化たる黒竜が、人知れず怪しい企みを実行しようとしている事も。

そして、我が敬愛すべき主に友と呼べる者が出来ていて、よからぬ企みをしている事も……すべてだいたい御見通しなのだ。

彼らは、情報を公開している意味を全く理解していないのである。

ラミアはブログで気を紛らわせているようだが、日記を赤裸々に書きすぎだ。ガルダは健全に楽しんでいるようだが、あの頭では隠してはいまい。黒竜は……まぁ気にしない方がいい。

そしてマオちゃんさんは、「ガリトラップ」というブログによく書き込みをしているのである。

あの、厄災そのものだったピクシーの格好が、マオちゃんさんの秘められた趣味に火をつけるきっかけだったようだが、掲示板でイラストや写真を上げて楽しむようになってからは、ずいぶんと気合いが入っているらしい。

「……最近はワフク、キモノ、なる物に興味があるようだし。あの盛り上がりではそのうちクイーンさんの所に出かけようとする日も近い。外出は避けてほしいのだが……万一の事があっては事だからなぁ」

魔族に被害でも出れば問題は紛糾《ふんきゅう》するだろう。しかし、果たして私にマオちゃんさんをお止めする力はあるか？　そう考えるとまったく自信はないのだった。

なぜ私がここまで色々と知っているのか？　そんな事は決まっていた。

私はブルブルと振動するMフォンを鎧の内側に特別に作ったポケットから引き抜く。

その動作は無駄に洗練《せんれん》されていた。

このMフォンも実はブラックの光沢あるボディに金で『鎧』の文字が箔押《はくお》しされている特注である。

ちなみにこの文字は異世界文字、「かんじ」と呼ばれるものだ。さらに私は特注した専用伝導スピーカーを鎧の襟《えり》部分に取り付ける。

金属を振動させて音を届ける仕組みなのだが、なかなか使い勝手がよい。最近始まった動画投稿サイトの閲覧《えつらん》でも重宝《ちょうほう》していて、お気に入りであった。

「はい。もしもし？　思ったよりも遅かったではないか」

電話の相手は部下の一人で、どうやら侵入者の殲滅《せんめつ》が終わったという連絡だったが、それだけではないはずだ。むしろ本題はこれから聞く方であろう。

「あの程度の相手に手こずっていては話にならんぞ？　……それよりもだ、例のアレはどうなっている？　何？　……アレって何かだと⁉　『魅惑の妖精郷写真集』に決まっているだろう‼　今日だろうが！　オークションは！　……わかっているならいい。で？　どうなんだ？　……なに？　スケさん同盟がまだ粘っているだと？　ちぃ、あいつらめ……まだ資金を残していたか。……仕方がない。適当に粘って、頃合いを見て引いておけ。こちらの目当てはあくまで限定版だからな。あっちはおまけがついていたはずだ。なに？　こちらも資金的に厳しい？　バカ者！　限定品はここで逃すといつ手に入るかわからんのだぞ！」

ひとしきり叱りつけて、私はため息とともに電話を切った。

まったく……どうせ後から欲しくなるのだ、ならば今手に入れないでどうすると言うの

か？

まして、今回は限定版写真集、ファンならば勝ち取って当然のアイテムだろうに。

もうお気付きだろう、私が今回名乗っていた名前である『鎧』。それは……私のネット上でのハンドルネームだ。

そして、『マオちゃん』はあのお方のハンドルネームである。

このハンドルネーム、本人から直接聞いたわけではないが、なんとなく特定できてしまったのだから仕方があるまい。他の四天王の奴らもだいたい同様である。

「……まったく。やはり私が直々に出向かねばならんようだな。仕方がない、午後のＰＶ鑑賞会と同時進行で行くとしよう」

そして、そう——何を隠そう私もガリトラップの大ファンなのだ。

クイーンさんマジ神である。

しかし個人的に好みを言わせてもらえれば、ブログ初期の方が好きだった。毎日違う妖精娘を紹介していくというスタンスは、単純ながらも魅力的だったので是非もう一度やって欲しい。

最近の特定の人気を集めた妖精に焦点を当て、衣装を変えていくスタイルも嫌いではないのだが、あの使いまわし感はいかがなものかと思うのだ。

だが……お気に入りの娘が特集されていると、その限りではない。

むしろ大歓迎である。あの娘の新しい笑顔を独り占《じ》めだ。

今回の写真集、八割くらいの高確率で入手出来るのは間違いあるまい。布教《ふきょう》に努めよう。

……話を戻そう。まぁそういうわけで部下達と結成した集まりにより、私はネットワークをほぼ網羅《もうら》していると言っていいわけで、探さずとも情報の方から集まってくる。

三日に一度行われるチャットでの意見交換会はもはやライフワークだった。

ここまで、我が主をあえてマオちゃんさんとお呼びした理由は他でもない、こんな話をする場合この名で呼ぶ以外は無粋であろうと思った次第だ……。

私はやはり滑らかにMフォンをしまうと、意気揚々《いきようよう》と歩き出した。

◇◆◇◆◇

「もう、なんか固いのよね。デュラハンちゃんは」

バタンとしまった扉を眺め、私は呟く。

それが悪いわけではないけれど、もう少し物事を柔軟《じゅうなん》に考えてもよさそうなものだ。

パソコンの力について、気になる部分は多々ある。だが、四天王全体に与えている影響は悪くないと思うのだし。

「つまるところ、私に釘を刺しに来たのよね？　デュラハンちゃんは……なんか企みが看破されちゃったみたいで悔しいけど」

とはいえ怒っているという感じでもなかった。

思わず四天王の他の面子を引き合いに出してしまったけれど、どちらかと言えば趣味には寛容だと自分から肯定していたのだから、そこまで厳しく制限を求めてきているわけでもないだろう。

「まさか……私だけ目の敵にするとかやめてほしいわね。……でもこれも魔王様の宿命なのかしら？　難しいものよね」

やはり魔王も大変である。

だが強制されずとも期待されれば、ある程度は応えようという気にもなった。

私とて魔王と呼ばれるからにはそれなりの覚悟はある。

パソコンに関しては、確かにまだ得体の知れない物である事に変わりはないのだし、そこは戒《いまし》めるとして、でも役に立つところはしっかり利用しなければもったいないとは思う。

「……要は加減の問題よね？」

何事もほどほどが大切だという話でしょう、見咎《みとが》められるとは反省が必要である。

「まぁ、でも遊びに行く計画は進めておくつもりですけどねー」

今更だがここだけは譲れまい。私は反省しつつも、開き直り気味にパソコンのスリープモードを解除した。

さっそく掲示板を覗いてみる。

だが、そこで私は顔色を変え、思わず大声を出してしまった。

「え！　クイーンさん、キモノ手に入れたの！　何それ、どういう事なのよ！」

前のめりになってディスプレイを掴む。読んでいるのは、クイーンさん最新の書き込み、もとい自慢である。


……ついにキモノキターーー!!


無駄に興奮した風なのが腹立たしくもあったが、それ以上にうらやましかった。

「ううう……どんな感じなのかしら？　こっちの世界にもあるのかしら？　でもこればっかりは実物を見てみないとわからないわよねぇ……」

興奮しながらも続報を待つ。

だが次々に書きこまれていく情報を総合すると、どうも今回は完成品ではなく、タンモノと呼ばれる素材の布を手に入れただけで、これからキモノを作る作業に入るらしい。

「そうなんだ……ああ、でもそれはそれで面白そうよねぇ。いやむしろそっちの方がうらやましいかも」

異世界の未知の布。興味ありまくりだった。

しかし勿体つけすぎだろうクイーンさん。うれしいのはわかるが、じらすのはほどほどにしてほしい。
さっきから情報を小出しにしてまどろっこしいったらない。

早く画像お願いします！

などと催促《さいそく》しつつ、こんこんと机を指で弾くペースが速くなってきた頃、ようやく動きがあった。

くれくれ乙《おつ》！

何だこのクイーン。ほんといい加減にしなさい。

「……」
こう言ってはなんだが、かなり腹立たしい。
ちょっぴり力を入れ過ぎて机が欠けちゃったし。
どうもお茶目なキャラを演出しているっぽいクイーンさんは、たまにこういう悪ふざけをするのが好きなのだ。反応すると調子に乗るので流してしまうに限るのである。

そして数秒後に送られてきた画像を見て、私はある決意を固めて立ち上がっていた。

「これかわいい！　ピンクの花柄？　何このグラデーション鮮やかすぎる！　く～！　でもなんか画像が荒いのよねぇ！　……やっぱり肉眼で見るのにはかなわないっていうか。手触りを確かめたいっていうか……よし！　決めたわ！」

近いうちにお出かけを決行する！

しかしそれは、同時に多大なリスクを背負う事になる行為でもあった。

私は悩む。やはり、実行段階になると悩んでしまう。

それはそうだ、その行為は、クイーンさんとの心地良い関係を壊してしまう可能性も孕《はら》んでいるのだから。

だけど私は信じていた。むしろ信じる事しか出来なかったのかもしれない。

キーボードの上に置いた手が動き出すまでに時間がかかったが、それでも私は意を決して指を動かした。

折角《せっかく》だから、今度会えませんか？　私もキモノ、是非見たいです！

たったそれだけの事を書きこむだけなのに、こんなにもためらわなくてはならないとは思わなかった。

しかし、やった。

すでにメッセージは送信済み。もう、後戻りは出来ない。

「ついに言ってしまった……！　言っちゃったもんね！」

くわーっと奇声を上げて机を叩く。

我ながら何をやっているんだと思うが、そわそわがどうしても止められないのだからどうしようもない。

「何て返事がくるかしら？　向こうだって予定とかあるわよね？」

いつの間にか画面に釘付《くぎづ》けになっている自分に気が付いて、ふと冷静になり苦笑する。

「でもまぁ、魔王なんて言ってもこんなものよね……」

何一つ魔王になる前と変わっちゃいない。一皮《ひとかわ》むけばこんなものだ。

そんな当たり前の事に今更ながら直面し、なんとなく自嘲めいた微笑みが口の端に浮かぶ。

結局、返事が来るまでじっと画面を眺める私なのだった。

あとがき

『俺と蛙さんの異世界放浪記4』あとがきでございます。

本書を手にとっていただき、誠にありがとうございます。

さて、ついにこのお話にも魔王が登場いたします。

ラスボスと言えば魔王。魔王と言えばラスボスですよね。

仮にラスボスじゃなかったら、大魔王くらいしか上にいない。その大魔王すら魔王の亜《あ》種《しゅ》に過ぎません。それくらい魔王の名前には、ラスボスとしての凄《すご》みがあります。

今回登場したマオちゃんにも、魔王としての魅力が備わっていて欲しいものです。

しかし、いくらマオちゃんが魔王らしくとも、ラスボスとして君臨《くんりん》できないのが今作です。他にもラスボスとしてやっていけそうな方々が割と沢山登場しますからね。

主人公すら、いつラスボスと呼ばれてもおかしくない有様《ありさま》なので、ラスボスって何なんだろう？　という疑問すら湧いてきます。

ラストに出てくるボスキャラ、それこそがラスボスなんでしょうけど、求められる条件というやつはあるはずです。

敵であるわけですから、少なからず好戦的なのは間違いありません。

黒っぽい衣装とか着てくれるとわかりやすいですね。恐ろしい姿でなくとも、他のキャラクターとは一線を画《かく》す、そんな印象が望ましいでしょう。

ただそればかりでは、昨今のバラエティ豊かなラスボス界では生き抜けません。圧倒的カリスマ性を発揮し、真に魅力的なキャラでなければラスボス足りえないのです。

果たして、そんな条件を満たすキャラにするには、どうすればいいのだろうか？

そう考えた時、あるキャラがふと頭をよぎりました。

……というわけで、真のラスボス『マジカル☆トンボちゃん（笑）』もよろしくお願いいたします。

二〇一七年三月　くずもち

超エンタメファンタジー!
最新10巻
大好評発売中!
アルファポリスCOMICS
漫画:竿尾悟
コミックス
本編1〜10
各定価:本体700円+税
ゲート
GATE
自衛隊 彼の地にて、斯く戦えり
原作 柳内たくみ
漫画 竿尾悟
日本と特地を繋いだ冥府の王との邂逅!
かつてないスケールの超エンタメファンタジー!
累計410万部!
大人気シリーズ、コミックス第10弾!
アルファライト文庫
文庫
本編1〜5
外伝1〜4・外伝+
(各上下巻)
各定価:本体600円+税
イラスト:黒獅子
GATE ゲート
自衛隊 彼の地にて、斯く戦えり
外伝+ 特地迷宮攻略編
柳内たくみ
上
下
2016年1月
TVアニメ
第2クール好評放送中!
外伝+《プラス》
(上・下)
待望の文庫化!
スピンオフコミックスもチェック!!
ゲート featuring The Starry Heavens
原作:柳内たくみ
漫画:阿倍野ちゃこ
1〜2
ゲート 帝国の薔薇騎士団 ピニャ・コ・ラーダ14歳
原作:柳内たくみ
漫画:志連ユキ枝
1〜2
めい☆コン
原案:柳内たくみ
漫画:智

大人気小説「月が導く異世界道中」が
PCブラウザゲーム化！
月が導く異世界道中
Tsuki ga michibiku isekai douchu
新たな魔人と共に紡ぐ、
もう一つの「月導」
月が導く異世界道中 PC online game
2017.SPRING
coming soon!!
©Kei Azumi ©AlphaPolis Co., Ltd. ©FUNYOURS Technology Co., Ltd. キャラクター原案：マツモトミツアキ・木野コトラ

超人気異世界ファンタジー THE NEW GATE
スマホアプリ絶賛配信中！
THE NEW GATE
ザ・ニュー・ゲート
大迫力の本格バトルRPG
ここに開幕――！
毎週 新装備が続々登場中！
新規でゲームを始めると
10連ガチャ
1回分のジェイルを
プレゼント！
【Android】Google Play
【iOS】App Store
でダウンロード！
公式サイトは
こちら
http://game.the-new-gate.jp/
©Shinogi Kazanami / ©AlphaPolis Co., Ltd.　キャラクター原案: 魔界の住民・三輪ヨシユキ

Re:Monster
ゲームアプリ解放《リリース》中!!
60万ダウンロード突破!
※2017年2月21日時点
App Store無料ランキング(ゲームカテゴリ)2位!
※2016年2月25日時点
Google Play™ 国内アプリ新着無料ランキング3位!
※2016年2月26日時点
おかげさまで誕生1周年!
喰えば喰うほど強くなるRPG!
Re:Monster
リ・モンスター
〜ゴブリン転生記〜
書き下ろしマンガも公開中じゃよ
詳しくは
http://remonster.jp/
にアクセス!
【Android】Google Play
【iOS】App Store
で好評配信中!
携帯サイトはこちらから!
©Kogitsune Kanekiru ©AlphaPolis Co., Ltd.

アルファライト文庫

本書は、2014 年 3 月当社より単行本として
刊行されたものを文庫化したものです。

俺《おれ》と蛙《かわず》さんの異世界放浪記《いせかいほうろうき》 4

くずもち

2017年 3月 24日初版発行

文庫編集－中野大樹／篠木歩／太田鉄平
編集長－塙綾子
発行者－梶本雄介
発行所－株式会社アルファポリス
〒150-6005東京都渋谷区恵比寿4-20-3恵比寿ガーデンプレイスタワー5F
TEL 03-6277-1601（営業） 03-6277-1602（編集）
URL http://www.alphapolis.co.jp/
発売元－株式会社星雲社
〒112-0005東京都文京区水道1-3-30
TEL 03-3868-3275
装丁・本文イラスト－笠
装丁デザイン－ansyyqdesign
印刷－株式会社廣済堂

価格はカバーに表示されてあります。
落丁乱丁の場合はアルファポリスまでご連絡ください。
送料は小社負担でお取り替えします。

ISBN978-4-434-22975-6 C0193